ギャグ小説日和

転校生

増田こうすけ

小説…JUMP j BOOKS

ギャグ小説日和　転校生

目次

僕の夏休みの冒険

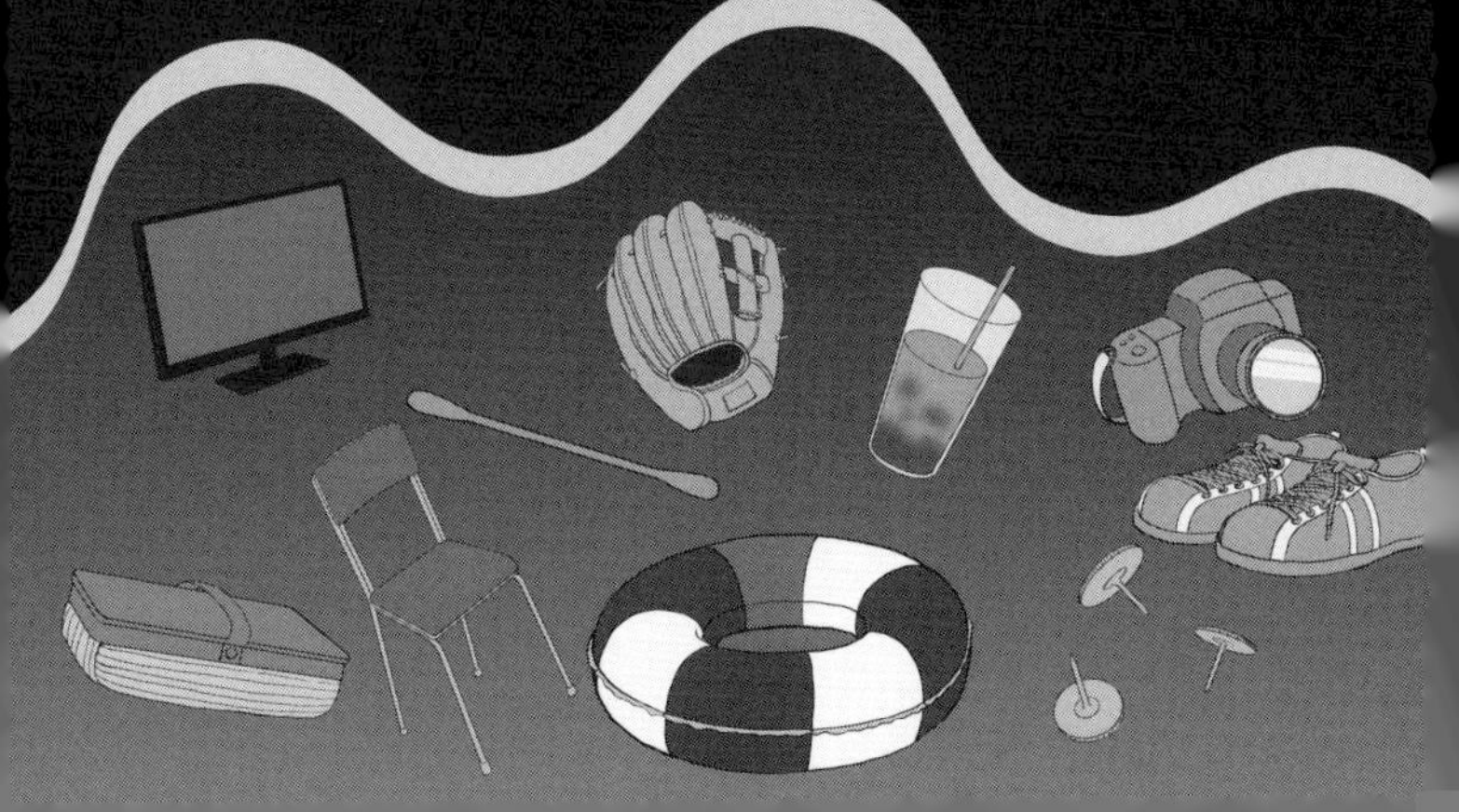

ケイゴとツネジは塾の夏期講習があって来られないという。それで今バスに揺られて、どこかの建物の隙間から水平線がちらりと見えないかとキョロキョロしているのは、僕とコイタだけなのだった。バスは枯れたような畑を横切り、大きな木の下をくぐり、そのあと廃墟のような古びたポンプ場を通り過ぎた。バスの窓は閉められているのに、その時変なにおいがした。行き違う車はほとんどなく、ジリジリという夏の音が混じったようなバスのエンジン音だけが、大袈裟《おおげさ》にあった。乗客は少なくて、二人掛けの座席に窮屈に並んだ僕とコイタが何も話さなければ、車内はしんとしていた。

「もう浮き輪を膨《ふく》らませてもいいかな」

僕は気がはやった。

「人が乗ってくるかもしれないから、降りてからにしよう」

コイタの声にどこか落ち込んだようなおとなしさを感じたが、僕は気にしなかった。

僕たちがビーチに一番近いバス停で降りるまで、結局新たな乗客は現れなかった。下車するやいなや、早速浮き輪に息を吹き込みながら小さめのビーチサンダルをキュッキュと鳴らした。その軽快な音だけで、待ってましたと僕たちを焼きにかかる憎らしい太陽に抗《あらが》うことはできない。ただ海に飛び込むことによってのみ、一つ覚えの日射しを払《はら》い除《の》け、傲る太陽をやっつけることができるのだ。僕は浮き輪が元の形を取り戻すまで、ほとんど休みなく息を吹き込みつづけた。膨らみきった浮き輪は去年の夏よりも小さくなっていた。そういえば小学生の頃から使っている浮き輪だ。

まだ海も見えない道の途中、錆《さ》びたドラム缶やコンクリートブロックが積まれた空き地の隣に、一軒だけ寂しく商店がある。反対側の茂みでは、中で人が死んでいそうな廃車が、ただ錆びるにまかせて佇《たたず》んでいた。その商店もまた、来年にはここで朽ちているのではないかと思わせる古い家屋ではあったが、この夏は少なくとも、元気にたくさんの浮き輪を軒下《のきした》に吊るしていて、僕はつい先週にコイタと二人で見上げた打ち上げ花火を思い出した。

「浮き輪買い換えようかな」

僕が言うと、コイタは吊るされた浮き輪の前までゆっくり歩き、顔を上下に品定めして振り返った。

「全部二千円だって」

リュックに入った財布の中身を確かめるまでもなく、僕は諦めて「高い」とこぼした。

コイタは両手の平を上に向けて肩の高さまで上げると、大袈裟に首を傾げて見せた。何か残念なことがあった時などにコイタがよく見せる仕草だ。僕はそんなのはすっかり見慣れていたが、その時は強い日差しのせいか妙に腹が立って、全く同じ動作をやり返してやった。コイタが少しイラついた様子で「真似するなよ」と言った。僕はそれも真似して「真似するなよ」と言いそうになったが、コイタはあまりからかうと「カアッ」とよくわからない大声を出すので思いとどまった。何より、もう海のにおいがさっきから僕を呼んでいる。コイタをからかうよりも早く海に入りたい。潮のにおいとは別に、オナラにも似た訳のわからないにおいもあって、それはこの商店のにおいなのか、それともオナラなのか、はたまた気のせいなのか、考えるのも馬鹿馬鹿しいから僕は海のにおいに鼻を膨らませて早足で歩き出した。

いよいよ海が近くなると、舗装された道を外れて緩《ゆる》やかな勾配を轍《わだち》に沿って上がる。左側を僕が、少し後ろで右側をコイタが歩いた。いつもなら並んで歩く事が多いのに、なぜだろうと少し気になったが、ほどなくして眼前に空と等しく青い海が現れると、そんなことはどうでもよくなった。あとはもう、十台も入れない小さな駐車場の奥にあるコンクリートの階段をいくらか下るだけで、夏は僕のものとなる。

この地元の人しか遊ばないような穴場の静かなビーチには、海の家こそ一軒もないが、コイン式のロッカーとシャワー、そしてトイレを備えた更衣室がある。白い塗装が剝がれかけた飾り気のない小さな建物で、これが大きな公園にでもあればただの公衆トイレに見えるだろう。小さなパラソルの下で錆びたパイプ椅子に座る初老の男性がいる。この更衣室を管理する人だろう。僕は毎年ここで着替え、少ない小遣いをロッカーなんかに吸われるのが嫌だから、砂浜にレジャーシートを広げて荷物はそこに置く。盗まれたことなんてもちろんない。ここは楽園だ。僕の町からはバスで一時間かかる。きっと僕の学校でここを知っているのは僕だけだ。今年、ケイゴやツネジにもここを見せてあげたかった。

階段を下り始めてすぐに、思ったよりも浜に人がいることに気が付いた。海に浮かぶ浮き輪は四つほどで、浮き輪なしで海に入っている人を合わせても十人に満たないくらいだが、浜にはビーチボールで遊ぶ大人たちがたくさんいて、近くになにやら煙が出ているなと思ったら、どうもバーベキューに勤《いそ》しんでいるようだった。派手なサーフパンツの男が六人、女の人も六人くらいで、真っ白いビキニ姿の人が一際《ひときわ》目を引いた。何を話しているのかはわからないが、矢継《やつ》ぎ早《ばや》に破裂する大きな笑い声が小さなビーチの端まで響いているようだった。特に男性の低く、死ぬほど野太い笑い声は地面さえも揺らせているようで、いやらしい。いったい世の中にそこまで大きく笑うことなんてあるのだろうか。その迫力ある笑い声に僕は尻込み、階段を下りる足は止まった。

「どうしたの、下りていかないの？」

コイタが後ろから僕を急《せ》かした。

「いや、人多いし」

人の多いのなんてよくあることだし、別にどうってことないけど、ま、ちょっと興醒めしちゃったよね、という余裕の表情を咄嗟《とっさ》に作って答えると、コイタは僕が人に見られたくない、自分自身でも見て見ぬふりをしている持ち前の小胆《しょうたん》な部分を、それが確かにあると見破った様な顔をして言った。

「そんなに多いかな、まあ、君には多いのかもね。じゃあ、どうする?」

君には多いのかもね、というところにカチンときて僕は語気を強めた。

「あっちへ行こう」

少し下りた階段を引き返し、きれいに舗装されたホットプレートの様な駐車場をまたぐと、歩いてきた轍の道をそのまま先へ進むことにした。道は海岸に沿ってずっと平行に続いているようだった。そのうちにまた下へ行く階段があって、それを下りれば更衣室もトイレもないような小さなビーチがあるかもしれない。きっと僕たち以外には誰もいなくて、そのままビーチで着替えることもできるはずだ。そんな都合のいい穴場のビーチがそうそうあるわけがないのかもしれないが、僕は腹も立っていたし、無いわけがない、と思えた。

「僕あまり歩きたくないんだけど」

そう言いながらもコイタはついてきた。どこまでも舗装されていない道で、時々刀のような草がちくちくと脚を突いた。道は少しずつ海岸から遠ざかっているようだ。木陰なんて一つもなくて、誰もいない畑と、溝に脱輪しているのかというほど斜めに傾いて停められている軽トラックがあるだけだ。海の気配が遠のいていく。アブが目の前を掠《かす》めた。世界の全てが僕に牙をむいてくる。それが夏というものか。

リュックからお茶のペットボトルを出したかったが、そんな動作も命取りになるかもしれないと思うほどに暑くて、イライラしていた。

「海から遠くなってるよ」

後ろからコイタが僕を呼び止めた。いつのまにか考えることをやめて、地道な抵抗の積み重ねとして一歩一歩前に進むことのみを大義とした夏の行進人形と化し、止まる事ができなくなっていた僕はしかし、声をかけられて我に帰ったように脚を止めたからといって、そこで諦めて引き返す潔さを持ち合わせてはいなかった。

「もうちょっと行けば何かあるよきっと」

最早《もはや》目的がビーチではなく何かになっていた。とにかく何の成果もなしに今来た道を喘《あえ》ぎながら引き返すなんてことは完全なる敗北でしかない。僕を苦しめる灼熱の夏の、陰湿な悪意に屈したくない。この二人きりの地獄の行進も、ここから先に何かがあれば、それを成果とすることで、ひとまず敗北は免れるのだ。

頼むから道よ、せめて右に曲がってくれ、海に近づいてくれと願いながら歩き続けた。慈悲の無い太陽は僕を焼くことに飽きない。コイタは暑いとも言わず僕についてくる。申し訳ない気持ちになってきた。

道が少し海側に曲がった。そしてそのまま真っ直ぐに続いている。僕は勝ったと思った。このまま道が真っ直ぐなら、いずれ必ず海へとたどる。そこにはきっと、大なり小なりビーチがあるだろう。完全に勝利した。僕を虐《いじ》めた夏は今ほぞを噛んでいるに違いない。根比べに勝った。思えば、コイタに声をかけられて立ち止まったあそこが勝負の分かれ目だった。あそこで屈して引き返していたら、僕の負けだった。コイタは夏の手先だったのだ。

振り返ると心なしかコイタはバツの悪そうな顔をしている。

「ほらな、このまま行ったら海に下りれそうだよ、そんな顔するなよ」

得意な気持ちで声をかけると、思いがけない言葉が返ってきた。

「いや、君に言わなきゃと思ってた事があって、今言っちゃおうかと考えてたんだけど、まあいいや、海に下りられるなら、遊んでからで」

何だろう、そういえばここ数日、コイタが何か考え込んでいるような、沈んだような顔をしていることが何度かあった。僕は不安になった。聞かされたくないことを聞かされるような予感がする。それで僕はそのことについて追及することをしなかった。今日は海遊びに来たのであり、この夏一番のイベントだ。嫌なことなんて聞きたくない。そう、とだけ言って僕は歩を進めた。

もう海が見えるんじゃないかというくらい進んだところで、道の右側に、古びた家が現れた。さっきまでは、農具を入れる小屋かな、というぐらい小さく見えていたが、近づいてみると思ったより大きな平家で、家の側壁に錆びた白い看板が張り付いていた。何らかの商いをしている様子だったが、その看板の文字は、大きな筆を手に舞い上がった書道家が考えも無しに殴り書きしたような漢字で、僕には読めなかった。

もしこの先も海へと下りて行くことが出来ないなら、このよくわからない店が行進の終着となるのだろうか、と思いながら通り過ぎようとした時、道に面した格子の引き戸にぶら下がるプラスチックの札を見た。「お気がるにお入りください」とマジックペンで書かれている。一度消えかかった字の上からもう一度同じ字を書いたようだった。

お気軽にとは言われても、何の店かわからないのに閉じた引き戸を開けるには勇気がいる。僕は改めて、道の先には海へと至る小道があり、そこを下ると僕たちだけのプライベートビーチがお目見えするであろうという臆断《おくだん》に至り、その家の生垣《いけがき》に沿ってまた道を歩き始めた。

その家は玄関の引き戸を除いて、端まで生垣によって外界と隔てられていて、その木々は僕がコイタと日々暇を潰している公園の公衆トイレに、貼り付くように生えている木と同じものだった。コニファーの一種で、この家を囲むそれは厳しい海風や砂から懸命に家を守っているためか葉が少なく、たやすく向こう側を覗き見れた。小さな庭の縁台に座り、鮮やかな青色のタンクトップを着た男の子がかき氷を食べている。ガラスの器が光り、生垣の隙間を抜けて僕の目をつついた。男の子の後ろでアルミサッシの窓は開かれ、網戸の奥までは暗くて全く見えないが、中から風鈴の音が聴こえた。蚊取り線香のような、でも少し違うような妙なにおいも感じた。

「早く行こうよ」

僕が立ち止まって生垣の奥を気にしているとコイタが急かした。ところが僕はその時すでに、この店の玄関の引き戸を開けてみようという小さな決心に興奮し始めていた。ここはきっと、古民家カフェだ。古い建築の風情に反発する様な、鮮やかな色彩の男の子とかき氷を見て、直感的に推断した。そうであってほしいという願いもあった。僕はひどくかき氷が食べたくなったのだ。あの鮮血のようなかき氷はいくらだろう。かき氷一杯くらいなら僕の小遣いでも大丈夫だ。この古民家で半分日陰の縁台にすわり、それとも店の中で古ぼけた味わいのある椅子に座るか、座布団にあぐらをかくかして、あのキラキラしたガラスの器でかき氷を食べたら、一夏の思い出としては上出来だ。時折風鈴の音が夏の秘密を耳打ちするだろう。

「ここに入るのかい？」

コイタが意外そうに僕の顔を見た。本当に意外なことと感じているのならそれを正してやらなければならない。僕の一端に過ぎない小胆な部分を覗き見て、それが僕という人間を如実に言い表す指標であるかのように心得ているのであれば、僕はこんな閉鎖的な古民家カフェの扉を開けられるくらいには、堂々とこの世界と渡り合っていける男なのだと、この機会に示さずしていつ示せるのだろうか。

実際のところ、僕は一人でカフェになんて入ったことはない。しかし以前、ケイゴとツネジと僕の三人だけで、町の喫茶店に入ったことがある。喫茶店なのか定食屋なのかわからない店で、ケイゴはおでんを注文していたし、喫茶店ではなかったのかもしれないが、あの時僕は少し大人になった気がした。先頭に立ってあの店の扉を開けたのは僕だ。

浮き輪は脇の壁に立てかけて、引き戸をゆっくりと開けた。本当言えば、一人では開けられなかっただろう。お金を無駄使いしちゃいけないからとか適当な理由をつけられるのであれば、それで開けることなく済ませたはずの扉だ。コイタがいると僕は時々強がる。コイタが僕に勇気をくれているとも言える。コイタはそんなこと知らないだろうけど。コイタには、僕のことをちょっと頼りない、気弱なやつだと思っている節がある。そんなことはないんだと、コイタに貰《もら》った勇気で強がって、その場限りの男らしさや泰然《たいぜん》とした態度をコイタに見せつけるのは、自分でも少ししっくりこないところがある。

引き戸ははじめに少し引っかかったが、そのあとはスルスルと流れるように開いた。恐々踏み入ると二畳ほどの三和土《たたき》の土間で、正面に十足入る縦長の靴箱があった。しかしそこには一足も入っていなくて、土間に置かれたスノコの手前で、どこかのトイレからくすねてきたようなサンダルが乱暴に進む先を示していた。サンダルの向く先、玄関を入ってすぐ左側が土間から一段上がる板張りの間で、背の高い木製の台の向こう側におばあさんが座っていて、まるで銭湯の番台のようだ。

「いがっしゃいまぜ」

日に五十箱タバコを吸っていそうな声がおばあさんの喉からひりだされ、僕は臆した。けれどおばあさんは僕になんて興味なさげに、こちらからは見えない低い位置に置かれたテレビの方に顔を向けてしまった。何かのドラマの声が小さく聞こえる。おばあさんはテレビを見ながら「ろっぴゃぐえん」とだけ言った。何も注文していないのに六百円と言われて僕は焦った。この店には六百円のかき氷しかメニューにないのかもしれない。でも、どうも古民家カフェではないような気がする。よく見ると台の側面に、(大人六百円　小学生三百円）と大きく書かれた張り紙があった。カフェではないことがはっきりした。

僕はまだ靴を脱いでいないし、開けた引き戸もまだ閉めていない。引き返すなら今しかない。コイタは中に入らず、引き戸の外に立って僕を見ている。まるで僕の奮起を疑って、その真偽を見定めようとしているようだった。

「六百円だって」

僕はそう言って、とにかくコイタを中に引き入れようとした。進むにしても退くにしても、コイタにそばにいてほしかった。

「僕はいいよ、外で待ってる」

そう言ってコイタは痩せたコニファーの陰の、座りやすそうな石に腰を下ろした。僕が膝《ひざ》まで浸《つ》かるようなぬかるみにはまっているのに、コイタは助けもせず腕組みして、もがく僕を見下ろしている。そんな理不尽を感じて「僕もやっぱりやめる」と口に出そうとした時、おばあさんが岩をノコギリで引くような声で言った。

「扉閉めでぢょうだい」

「あ、はい」と言って慌てて閉めた。僕は完全にたった一人でおばあさんと対峙することになった。もう引き下がれない。僕は脱いだ靴を静かに靴箱に入れると、リュックから財布を出しながら、おばあさんと向かいあった。タバコのフレーバーが番台の向こう側から押し寄せてきた。

「小がぐぜいはさんびゃぐえん、ぢゅうがぐぜいがらはろっぴゃぐえん」

おばあさんはまた金額を言った。本当に恐ろしい声だった。もしこのおばあさんに有り金全部出せと言われたら、僕は全部出してしまうだろう。

一体なんの店だろう、もしかすると銭湯だろうか、と考えながら六百円を支払った。

「ダオルある？」

おばあさんが僕の目を見て訊いた。タオルのことだとすぐにわかった。

「はい、あります」

見ると、台の上の百円と書かれた浅い箱の上にタオルが何枚か積まれていた。

「シャンプーとセッゲンあるがらね、つがってね」

僕はおばあさんを横目にギシギシ音が鳴る黒い床を歩いた。人とすれ違えないほど細い廊下の突き当たりに、白い字で「男性」と書かれた青い暖簾《のれん》がかかっている。そのすぐ右手は、「女性」と書かれた赤い暖簾だ。僕は家族でスーパー銭湯に行ったことが何回かあるだけで、一人で銭湯に入ったことなんてない。初めての経験だ。暖簾の奥の引き戸を開けるのもためらった。コイタは外にいる。試されるのは僕一人の勇気だ。

薄汚れた暖簾になるべく触れないように腰をかがめ引き戸を開けると、脱いだ衣類を入れるカゴが四つだけの、小さな脱衣所だった。僕の家にあるのと同じような、据え置きの洗面台がある。その横の壁に、異常なほど大きな真っ黒いドライヤーが折り畳んで掛けられている。一瞬、巨大な黒い虫かと思った。

カゴの一つに服が入っている。浴室に誰かいる。僕はその人が出るまで脱衣所で待とうかと考えたが、コイタを外に待たせているし、これから海にも行くつもりだから、そんなに長湯するつもりもないので、構わずさっさと浸かってすぐ出てしまおうと決心した。

六百円を無駄にしたのだろうかと思いながらカゴに服とリュックを入れ、タオルで一物《いちもつ》を隠しながら磨《す》りガラスの引き戸を開けた。大人四人はなんとか入れるといった程度の大きさの、タイル張りの浴槽が一つあるだけだ。僕とコイタが暇を潰す公園で異臭を放つあの公衆トイレの内壁と、全く同じタイルに見える。その浴槽には、こっちを向いて深く湯に浸かっている男性がいた。僕の父よりも少し年上に見える。浅黒く、坊主頭はシミだらけで、見ようによってはおじいさんにも見えた。恰幅《かっぷく》は良さそうだ。嫌なのは、浴場に入ってきた僕を凝視したことと、タオルを肩に掛けていて、それが湯に半分浸かってしまっていることだった。それにもしその男がいなかったら、ろくに体も洗わずドボンと湯に飛び込むところだ。それならばその解放感や、風呂を独り占めする贅沢《ぜいたく》に六百円の価値ありと納得できるだろう。不運としか言いようがない。

渋々《しぶしぶ》二つある洗い場の椅子の一つに座り、洗面器でタオルを濡らした。歪《いびつ》な形の石鹸《せっけん》には毛が二本も付着していたので、一度蛇口《じゃぐち》の湯で洗ってからタオルにこすり付けた。体を濡らすのを忘れていたので、上手く泡立てたタオルに湯がかからないようにシャワーを浴びた。鏡越しにそっと浴槽の方を見ると、男性はさっきと同じ向きで湯に浸かったままだった。鏡越しに目が合ったりしなくて良かった。

全身を洗い、頭も洗ってもう湯に浸かるより他にすることがなくなってしまった。僕が椅子から立ち上がって浴槽の方を向くと、男性も湯の中で立ち上がっていてギョッとした。どちらが先に立ったのだろうか。男性は僕とすれ違い、洗い場の椅子に座ると石鹸を直接顔に塗りたくり始めた。なぜか僕が座っていた方の椅子に座ったことがまず不気味だったが、それよりももっと不気味なのは、背中に刺青《いれずみ》が入っていたことだ。何かの花が咲いているようだった。鯉か何かの魚も見えた気がした。それらは肩にまで及んでいるが、さっきまではタオルに隠れていて見えなかった。街中でたまに見かける、肩やら足首やらに変な模様や文字のタトゥーを入れて得意になっている人たちが放つ、何らかのアピールのような類《たぐい》のものとは全くレベルの違う、気味の悪い圧力がある。生涯をかけて悪人でいることを主張しているような、暗黒の狂気を感じた。僕は今日、殺されるかもしれない。

静かに湯の中にしゃがみ、さっき鏡越しに様子をうかがったことを思い出して震えた。

あの時もし目が合っていたら、僕は背中から銃で撃たれていたとしてもおかしくはない。すぐに風呂から上がって脱衣所に退散したかった。しかしほとんど湯に浸からずに出てしまうのは、この男性を刺激する行為かもしれない。この小僧、俺から逃げやがったな、許さんと思われては百年目だ。努めて平静を装い、不自然でない程度の時間、それは五分か、十分か、冷静に考えることはできないが、その適正な時間をこの地獄の釜に浸かって過ごす他ないのだ。僕はのぼせないよう、しゃがむ姿勢を崩さず肩を出して浸かった。

何分経っただろうか、男性は椅子に座ったまま足の裏を何やらガリガリやっている。僕はそっと、朝顔が開くようにゆっくりと立ち上がった。立ってみて初めて、浴槽の後ろ側に小さな窓が付いていることに気が付いた。窓は開かれていて、網戸で濾《こ》された海の風が入ってきた。そのささやかな風に心地よさを覚えたことに驚いた。この状況下で風の心地よさを感じるほどに、僕の心はこの数分の冒険のうちに強靭《きょうじん》になったのか。僕は自身の思いがけない成長に感動した。同時に、どんな脅威にも屈せず、何ものにも怯《ひる》まない堂々たる佇《たたず》まいを顕示したいという反骨心がくすぶりはじめた。僕にはなんの落ち度もなく、六百円も払って風呂に浸かっているのだ。相応の爽快感や満足感を得る権利があり、たとえどんな悪者にもそれを阻害されるのは僕の正義が許さない。僕はさっさと風呂場から出たりなんかしない。ここにこうして、まだ立っている。鏡越しに僕の様子をうかがうといい。

何一つ動揺なんか見せず、窓からの風を心地よく全身で受け止め、その上窓の外の景色を眺めるほどの余裕を湛《たた》える僕の姿を見るだろう。

僕は頭のタオルを軽く押さえながら、小さな窓になるべく近づいて外をうかがった。岩や草の向こうに海が見える。そして最初に下りようとしたあの、若い大人達が己の休日の充実ぶりを誰かれ構わずアピールしているビーチが見えた。随分歩いてきたように感じたが、実際はまだ、あの若者達が立てたであろう、赤と黄緑のパラソルの頭がはっきり見えるぐらいしか離れていない。若者達の姿こそ岩に隠れて見えないが、あの地響きのような野太い、上機嫌の押し売りのような笑い声が、風に乗って聞こえてきたような気がした。あんな若者達なんて、どうってことない。その時僕はそう思った。

一切の音を出さないように浴槽から上がると、タオルで体を拭きながら足早に脱衣所に戻った。まだ濡れている体を汗臭く湿ったTシャツにくぐらせた。湿ったブリーフとハーフパンツも、僕の体に残った水気を吸い取ってくれた。タオルを一度洗面台でゆすぎたかったが、磨りガラスの向こうで男性の体が揺れた気がしてやめた。番台の横を通り抜け玄関で靴を履くときもおばあさんはテレビを見ていて、僕に何も言わなかった。僕がちょっと外に出るだけでまた戻ってくると思ったのかもしれない。玄関の引き戸を開けると、さっき腰掛けた大きい石に座ったままのコイタが驚いた顔をした。

「もう出てきた」

僕は十分の満足を得て納得したんだと言いたい気持ちを一言で表した。

「さっぱりした」

「お風呂屋さんだったんだね。君、家では長風呂じゃないか。僕の中で深海魚の異名を持つくらいに」

深海魚の異名を持っていたのは初めて知った。

「これから海に入るし、いいんだよ。いい風呂だったよ。コイタも入ればよかったのに」

「僕はいいよ、海の後ならまだしも。さあ海に向かおうよ」

怪訝な顔をしたコイタが道の先を丸っこい指で指した。

「そっちはもうやめよう。さっきのビーチに戻ろう」

僕が言うと、コイタはまた大袈裟に驚いた顔をした。

「更衣室もあるし、人はうるさかったけど、どうってことないよ」

僕はコイタの返事を待たずに浮き輪を抱えて歩き出した。ついてくるコイタは僕の背中を見て何を思っているだろう。明らかに一皮剝けた僕を見直しただろうか。いや、二皮も三皮も剝けたかもしれない。僕は大人になったような気がした。歩幅はさっきより倍は大きいだろう。我こそは益荒男《ますらお》なり。

不意に、今までの僕なら後回しにする不都合や厄介事、そしてそれらがもたらす悶着《もんちゃく》や悲しみやその果てのいたたまれなさといったものを、逃げずに受け止め、それと向き合おうとする度量の深さ、逞《たくま》しさを自分の中にはっきりと見つけた。僕は振り返らずに言った。

「さっきこのへんで、僕に言わなきゃと思ってたことがあるって」

コイタは「うん」とだけ返事をした。それはなんということもない話題に対する返事のような、感情の読み取れない「うん」で、僕はこの一皮も二皮も剝けた雄々しさを見くびられたような気持ちがして声が大きくなった。

「今聞くよ、気になって遊べないだろ」

歩きながらコイタの言葉を待った。なかなか声が聞こえてこないかわりにオナラの音がした。僕が呆れて振り返ると、その途端にコイタが僕の目を見て喋ったので、海のにおいを押し戻すくらいの悪臭が鼻をついたのに何も言えなかった。

「薄々《うすうす》気付いてるとは思うけど……」

僕は鼻を押さえながら、うん、と小さく答えた。やっぱりか、と思った。そういう話なら、覚悟はできている。僕たちはいつか必ずその話をするのだと、それはコイタと出会った二年前からわかっていた。一生ずっと一緒にいることなんてできない。それは他の友達も同じだろうけど、コイタとはこの二年間毎日一緒にいた。覚悟はできていたはずなのに、僕はもうコイタにその告白を促したことを後悔し始めた。強烈な日差しもあってか、頭が急に熱くなった気がした。

「夏だったね、僕が君の所に来たのって」

「うん二年前の夏だよ」

歩きながらそう答えて僕の目には涙が滲《にじ》み出てきた。前を歩いていてよかった。

「そうだね、あの時は君の真上に現れてしまって、頭をぶつけたんだ。それで君は倒れて暫《しばら》く動かなかったから、死んだかと思ったんだよ。未来からせっかく君に会いに来て、会った瞬間死んだと思って……死んだ！　て叫んじゃったよ僕」

「その叫び声は聞こえてたよ」

「えっ、そうだったの？　じゃあまるっきり気を失っていたというわけじゃ、なかったんだね」

「気は失ってたかもしれない。君のその叫び声で意識を取り戻したのかも」

話がそれて少しホッとしている自分に嫌な気持ちがして、僕は話を戻した。

「帰らなきゃいけないいんだろ」

僕達はいつのまにか並んで歩いていた。左の轍が僕、右側がコイタ。僕たちはいつもそうだ。コイタの黒っぽい左腕が、浮き輪を脇に挟《はさ》んだ僕の右腕に当たった。少し冷たくて柔らかい。これまで当然のように僕の右側にあって気にも留めなかったその感触を、懐かしく思い出す未来を考えてしまった。

「うん、いつまでもこの時代にいるってのは難しいんだ」

何か言うと声が震えそうで僕は黙った。

「前にも言ったけど、僕は生身の人間じゃないから、機械人間だから。まあほら、猫型の。この時代で活動するのに結構なエネルギーを消費するし、それはこの時代のコンセントやUSBで充電ってわけにいかないんだよ。この時代では僕はエネルギーを補給できないんだ。メーカー純正の燃料パックじゃないと。だからなるべく消費しないように、うまく活動してきたけど……」

「いつまでなの」

「普通に活動してたら、この夏の終わりには、未来に帰らなきゃいけない」

逞しく成長したはずの僕なのにどうしてだろう、大粒の涙をこぼしてしまった。せめてコイタには見せたくないから、少し海の方を向いて歩き続けた。

「だから僕は元々、夜君が眠った後はスリープモードにしてたけど、最近はもう完全にオフにしてるんだ。起動タイマーだけセットして。それだけでもだいぶ違うし、昼間君が学校へ行っている時も、スリープモードで全く動かないことにしてる。ママの手伝いとか出来なくて申し訳ないけど、それで三年くらいは活動期間が延びるから」

「えっ三年？」

　僕はぬか喜びしたくなくて耳を疑った。

「あと三年？」

「このままだとね。でも他にも努力してるんだよ。例えば……僕は本当はもっと優秀なんだ。色々な機能が充実してて、常に最適の行動を計算し続ける機能とか、登録した人間のバイタルを常にチェックし続けたり、それは百人まで登録できたりするんだけど、そういった機能はもう、エネルギーを節約するために全部オフにしちゃってる」

「それで、どれくらい延びるの？」

「それだけでもプラス五年くらいかな」

「プラス五年！　じゃあ、合わせて八年ってこと？」

「このままだとね……それで、実はエネルギーをたくさん消費するのって、案外歩いたり走ったりすることなんだけど、ほら、このあいだ僕ママに、お古の、壊れた電動アシスト自転車を貰っただろ。あれを修理して、最近は移動の時いつもあれに乗ってるから、それだけでプラス十年くらいになる」

「十八年になった！」

僕の声がはずんだ。

「他にはないの？」

「あと考えてるのは、ほら今は君、学校から夕方に帰ってくるけど、あと十年もしたら社会人になって、どこかに働きに出たら帰りも遅いだろうし、君が夜に帰ってくるまでずっとスリープモードにしておけばだいぶ長持ちすると思う。そういう計算でいくと、この先どんどんエネルギーの消費はおさえられるから、あと三十年くらいは一緒にいられると思う」

「三十年！」

「そう考えてて気が付いたんだけど、僕は未来に戻るのにすごくエネルギーを消費するんだ。その必要エネルギーを差し引いてあと三十年って言ったけど、仮にもう未来に帰らないと考えて、その分のエネルギーも君と暮らす分に充てると……あとプラス五十年で、合わせて八十年くらいになる」

「わあ、八十年！」

僕は嬉しくて、涙なんてとっくに潮風に吹き飛ばされたことにも気付かなかった。それでも、ぬか喜びはしたくないという警戒心は保っていたから僕はまだ笑顔にはなれなかったし、すぐに大事なことにも気が付いた。

「待ってよ、八十年はいいけど、未来に帰らないってことは、こっちに来てから考えたことだろ。未来で心配させてるんじゃないかな。本当に帰らなくてもいいの？」

コイタの顔をのぞき込んだ。

「今から八十年後というのは、未来の君が、今の君に僕を送った年なんだ」

百歳近い未来の僕が、友達ができにくい今の僕に友達としてコイタを送ってくれたことは以前に聞いていた。おかげで、コイタという友達以外にも、ケイゴやツネジという心から信頼できる友達もできた。他にも、コイタの手助けでできた友達が何人かいる。

「じゃあと八十年したら、未来に帰らなくても君は、そのおじいさんになった未来の僕に再会できるってことか！　でもずっと一緒にいるなら、その何年も前から僕はおじいさんだし、再会ってなんか変だな」

「うん、そういう感じなんだけど、僕が言いたいのはエネルギーのことで、八十年後は、家庭用機械人間が初めて市場に出た年なんだ」

「えっつまり君は発売されたばかりのロボットってこと？」

「そうだよ、おじいさんの君は、真っ先に僕を買ったんだ」

「へえ、僕のおじいさんて新しい物好きなの？」

「僕のおじいさん、って言ったら君のおじいさんみたいじゃないか。いや、君のおじいさんなんだけど、君がなったおじいさんだよ」

「わかってるよ、そんなこと」

「あれ、何の話をしてたっけ？」

「エネルギーのことだろ、なんだよロボットのくせに、僕の方が賢いじゃないか」

コイタはむくれたような顔をした。

「機械人間ってようは頭脳がＡＩなんだろ、何で忘れるかな、不良品だったりして」

「カアッッ」

コイタが怒ってよくわからない大声を出した。そんなところもロボットとは思えない。それともあえて人間味を持たせているのか。いつのまにか僕たちはビーチへ下りるための階段まで戻ってきた。僕が先に下り、コイタが後に続いた。後ろから「カアア〜〜〜」と小さな声が漏れてきた。それはさっきの「カアッ」の余韻のようなもので、コイタがまだ少し怒っていることを僕の背中にわかりやすく伝えた。

階段を下り始めて話は一時中断した。ビーチに下り立つと、僕たちは真っ直ぐ更衣室に入った。パラソルの下でパイプ椅子に腰掛けていた初老の男性はいなかったので黙って勝手に入ると、更衣室の中にあるトイレから急にその男性が出てきて、その上真っ黒いサングラスをかけていたので、僕は一瞬不良が現れたと思ってゾッとした。

男性が出て行って誰もいなくなった更衣室で僕がパンツを脱いでいると、コイタが気を持ち直したように落ち着いた声で話し始めた。さっき「カアッ」と言った奴とは思えなかった。

「エネルギーのことだけど、八十年後、つまり僕が作られた時代には、当然だけど僕はエネルギーを補給できるんだ」

「あっそうか」

僕はそんなことになぜ気が付かなかったのかと少し恥ずかしさを覚えた。

「だから、このままエネルギーを節約して騙《だま》し騙し活動し続ければ、八十年後にはエネルギーを補充して、その先もずっと君と一緒にいることができる」

「なあんだ、そうだったのか、なあんだ心配して損した」

着替え終わり外へ出た僕は眩《まぶ》しさに目を細めた。海に向かって歩きながら、すでに膨らんでいる浮き輪の吹き込み口を咥《くわ》え、おもいっきり息を吐いた。何の悩みもなく、ただ楽しむことばかりを考えることが許された夏休みが、さあ泳げとばかりに僕の背中を押して、僕の体には小さめの浮き輪をさらに硬くした。何と開放的な気持ちなのだろう。背後から、バーベキューを取り囲むいくつもの大袈裟な笑い声が、高いのも低いのも折り重なって響いたが、そんなことはもうあまり気にならなかった。気にはなったが、どうってことない事だった。

リュックに入っていた小さなレジャーシートを、波が届きそうで届かないところへ広げてリュックを置くと、僕は浮き輪を腰に巻いて走り出した。小さな波を全部蹴り飛ばすと、大きく前のめりにジャンプして、浮き輪を体ごと海に叩きつけた。生温かい海だった。他にも何人か、浮き輪で浮いている子どもがいて、僕はその誰よりも沖へ出てやろうと心に決めてバタ足で海に挑んだ。

こんなに沖へ出て大丈夫かと不安になり後ろを見やると、思ったほど浜から離れていなくて驚いた。完全防水のコイタもゆっくり僕の方へ向かってくる。首だけ見えていて、海面より下でどのように泳いでいるのかはわからない。もしかしてお尻からスクリューでも出しているんじゃないか、そう考えるとおかしかった。

僕の目の前までたどり着くと、コイタは沈みも浮き上がりもせず、首から上だけを出したまま静止した。海中からキ――――ンと小さな機械音が聞こえるのに気が付いた。波が穏やかで静かなのも手伝った。本当にスクリューがついているのかもしれない。僕はコイタと一緒に市民プールに行った事があるが、その時はこんな音には気が付かなかった。足がつかないほど深いところへ来て初めてこんな音を出す仕組みかもしれない。

何か音するね、と言いかけたが声に出なかった。コイタの表情がどこか物憂《ものう》げだったからだ。いつも表情豊かで、遊ぶ時ともなるとわざとらしいほどはつらつとした顔を見せるコイタが、海水浴で見せる表情としては不自然だ。コイタが僕に何かを言おうとしているのがわかった。僕は浮き輪を強く握った。この小さな浮き輪一つを抱えて海底に足がつかないことに心細さを感じた。

「やっぱり言わなくちゃいけないかな」

コイタが僕の目を見て言った。僕は顎《あご》を浮き輪に乗せて、海の中を覗き込むふりをして目を逸らせた。海中のコイタの体はよく見えない。スクリューでも見えていたら、スクリューで浮いてるのかよ、なんて言って話を逸らせてしまったかもしれない。キ――ンという機械音はずっと続いていて、なぜだろう、僕はコイタが今言おうとしていることをちゃんと聞かなければならないという、友達に対する誠意を自覚した。

「なんだよ、ほんとはずっと一緒にいられないとか……帰らなきゃいけないとか、やっぱそういうこと?」

伏し目にも平気な顔を作って訊いた。どうせそんな事だろうと思っていたから、ぬか喜びなんて全くしていないんだという精一杯の強がりを込めた言葉だった。

「うん、帰らなきゃいけないんだ本当は」

僕はもう顔を上げる気にはなれなかった。ふと、このまま浮き輪をすっぽりと抜けて、深い深い海の底へ沈んでいく自分を想像した。実際、海底が僕の足からどれくらい離れているのかわからなかった。

「僕を過去に送るのに、たくさんの書類を作らないといけなかったんだ。その中にはもちろんこの時代での活動の計画や、期間や、行動の制限なんかも細かく決められていて、何回も作り直してようやく審査を通ったんだ。その書類の中には、もちろん元の時代に帰る計画もきちんと明記されていて……」

やっぱりぬか喜びだった。僕はあんなに警戒していたのに結局ぬか喜びしてしまったことが悔しくて、コイタの話が終わるのを待たずに言葉を海に吐き捨てた。

「そんなこったろうと思った」

コイタは黙った。僕が続けて何か言うのを待っているようだった。

「帰らなきゃいけないんだったら、帰るしかないじゃないか。ずっと一緒にいられるみたいに言わなくってもいいよ！　で、結局あと何年したら帰るの？　一回帰ったらもう来られないの？　いつかまた来れる？　そうだ！　また来れるんだったらエネルギーの節約なんてしなくても、帰った時と同じ時間に戻って来てくれたら……」

「一回帰ったら多分もう来られないんだ」

僕は黙った。ゆっくりと波に押されて、いつのまにかつま先が海底の砂に触れるところまで戻っていた。

「一度過去に僕を送るだけで、結構な費用がかかってるんだ。少ない年金をやりくりして、シニアを対象とした市の終活《しゅうかつ》助成制度なんかも利用して、なんとか僕を君の元へ送ってくれたんだ。二回はとても無理そうだよ。未来の君、資産なんてないしね」

「嘘だろ、僕そんな感じなんだ……。希望がなくなるよ」

「あっこういうのは教えちゃいけないんだ。今のはなしね、取り消すよ。なしなし」

コイタは慌てて撤回したが後の祭りだ。コイタとの別れに未来の自分への落胆がおまけでくっついてきて、僕は本当に海に沈みたい気持ちになったが、両足はもうしっかりと海底のぬるっとした砂を踏みしめていた。僕より少し背が低いコイタももう足がつくようで、海中のキ――――ンという音は聞こえなくなっていた。

「だから、まあ君の推察の通り、僕は本当は帰らなきゃいけないんだ」

コイタは強引に話を戻した。

「なのに、どうして未来に帰らなければ君とずっと一緒にいられるなんて話をしたかっていうと、規定の中にこういう条文があるんだ。『時間移動先における予定していた活動がその期間を限定されていない時、活動の継続中に、時間移動を開始した時間に到達した場合には、時間移動による帰還は免除される』ってね」

僕はよくわからなかったが、最後の『帰還は免除される』というところだけがやけにはっきりと耳に残り、それがコイタは帰らなくていいんだという結論であることを確信した。それでも、もう決してぬか喜びはしてはならない。ぬか喜びアラートが耳の奥深いところでキンキンと鳴っている。もしもう一度、ぬか喜びから落胆の海へと突き落とされたら、僕はストレスに耐えかねて何をするかわからない。コイタのようにカアッと叫んでしまうかもしれない。

「え、何？　結局帰らなくていいってこと？」

「そう、機構に提出した、僕のこの時代での活動プランていうのは、君の家に居候して、ついぞ彼女の一人もできない君の青春時代を、せめて親友として彩りのあるものにすること。だから……」

「えっ僕彼女できない？」

コイタは僕よりもびっくりした顔をして慌てて取り消した。

「あっと、なしなし、そういう事は教えちゃダメなんだ。教えてない教えてない、なしなし」

なんて取り消すのが下手なんだろう。僕は青春時代に彼女ができないことを知ってしまった。

「それで、ここが大事なんだけど、君の青春時代を共に過ごすっていうプランなわけだけど、その青春時代がいつまでかってことなんだ。普通は十代のことだと思うだろ。でもそれは人それぞれの解釈がある。シニア世代になって充実した日々に〝今が青春だ〟なんて言う人もいるしね。提出した計画書にはそこまで明記してなかったんだよ、つまり……」

「僕が、老人になるまで青春だって言えば青春時代なわけだ！」

僕はもうぬか喜びを危惧《きぐ》しなかった。ここまで話せばもう、何もひっくり返らない。コイタはずっと僕と一緒にいられるということがはっきりした。

「そうだよ、僕はずっと君と一緒にいてもいいんだ。計画に則《のっと》って活動中だからね。元の時代に到達するまで、ずっと君の青春時代なんだから」

「なっがいなあ、僕の青春時代」

そう言って僕が笑うと、つられるようにコイタも微笑んだ。僕は浮き輪に身を預けて、青空を仰ぎ見た。今日一日色々なことを考え、落胆したり喜んだりしたことを思い返して、仰向けのまま思い切り足をバタつかせた。もっともっと沖へ、僕が今日一日でどれだけ大人になったか、目に見えてわかるように、大人になった分だけ沖へ出たくなった。ついでにバタ足のしぶきをコイタに思い切りかけてやろうと思った。

暫く空だけを見ながら足をバタバタとさせていると、急に不安に襲われた。もう自力では戻れないほど沖へ出てしまったかもしれない。体を起こして浜の方を見ると、さっきコイタと話した所と大して変わっていなくて驚いた。コイタはほんの五メートルほど先にいる。キーンと音を出してついてくるかと思ったのに、手違いで浅瀬に安置された仏像のように全く動いていないことが気になった。目を細めると、なんだかまだ浮かない顔をしているように見える。おうい、と声をかけたが返事がない。ただじっとこっちを見ている。

いい加減にしてくれと思った。まだ僕を落胆させる何かがあるのか。もう話は済んだんじゃないのか。もう放っておこうかとも思ったがやはりスッキリしない。スッキリした気持ちで泳いでこその海だ。僕は水を蹴り、緩やかな波の力を借りて、浮かない顔の仏像の前に戻った。どうしたんだよと問う前に、コイタが何某《なにがし》かの決意を秘めたような瞳で見つめてきたので僕は何も言わなかった。

「やっぱり言うよ。言わなきゃとは思ってたし」

「何だよ、話はもう終わったと思ってたのに」

「僕が言おうとしたら、未来に帰らなきゃいけないんだろとか言って君が遮るから言いそびれてたんだよ。もう、言わないでおこうかとも考えたけど、でも君とずっと一緒にいるんだから、なおさら早めに言っておかないと、どんどん言いにくくなってしまうし……」

コイタが今日、ずっと僕に打ち明けようとしていたことは、未来に帰らなくちゃいけけないこととか、エネルギー消費を切り詰めれば大丈夫とか、そういうことではなかったのだ。確かに、ずっと一緒にいられるということはコイタにはわかっていたことだから、そのことで神妙な顔をしていたのはおかしい。では一体何を告白するというのか。生温かい海の水が一瞬冷たくなって、僕の背中をヒヤリと撫《な》ぜた。

「もしかすると、話してしまったら、君と一緒にいられなくなってしまうかもしれない」

「そんなことないよ！」

僕は大きな声を出したが、自分のその声がどこか遠くに聞こえるような、不思議な感覚を覚えた。あんなにぬか喜びを警戒して、今度こそもうぬか喜びじゃない、間違いなく、コイタとさよならなんてないんだと確信を持って安堵したのに、結局それが覆《くつがえ》るなんてとても認められないし、許せないことだった。

「何か知らないけど、一緒にいられるってことで話は終わったんだから一緒にいられるよ！」

僕はコイタの告白も聞かず、もうその儚《はかな》げな結論だけを頼りに、それだけは覆らない事実としてコイタに突きつけた。

「そうならいいけど、でも僕の話を聞いてよ。それでも君が僕と一緒にいられるというなら……。君が決めることだから、まず聞いてほしいんだ。ずっと秘密にしてて悪かったと思うけど」

秘密という言葉が恐ろしかった。一体どれほどの秘密を抱えてコイタは僕と過ごしてきたのだろう。この二年間、コイタが僕に打ち明けられず一人で抱え込んでいた重荷が僕にのしかかり、ひょっとしたらコイタとの別れさえも僕に決断させようとしている。

「秘密というか、嘘をついていたというか……」

しっかりと両足で海底の砂を摑んでいるはずの僕の体は、小さな波に浮き輪を押されて大きく揺れた。首から上だけのコイタは全く揺れず話し続けた。

「見ての通り僕は人間に似た姿の機械人間だ。でもまるっきり人間と同じじゃないだろ、その、動物……？　に似せて……耳とかほら……」

コイタの耳は人のそれのように顔の横にあるのではなく、頭の上に、左右に開くように丸っこくて黒いのがついている。髪の中からひょっこりと出ていて愛嬌《あいきょう》があり、遠目にはそういう髪型かと思うが近くで見ると動物の耳なのがわかる。

「肌も上等な黒い別珍《べっちん》のような手触りで、尻尾《しっぽ》こそないけど、ほら鼻もさ……」

鼻は人のそれとははっきり違い、犬や猫のような動物然とした黒い鼻が、これも愛嬌を振り撒くように顔の真ん中にちょんと乗っている。動物のようなヒゲは無く、目や口は人間のものと同じだ。つまり耳と鼻と、黒い別珍のような肌だけがコイタの顔の中で動物を思わせる部分だ。

「猫型の機械人間なんだろ」

「そうだけど……いや、そうじゃないんだ。違うんだよ」

何が違うのかわからなかった。

「機械人間じゃないってこと?」

そんなわけはない。これまでコイタの機械的な特徴は何度も、いくつも目にしてきた。つい今しがたも水中からモーターのような機械音を聞いた。コイタが大あくびをした時口の中を覗き見たら、歯と舌以外の全ての部分が、虫歯を治療した銀の詰め物のようなメタリックな色をしていてびっくりしたこともある。生身の人間のわけがない。

「それは嘘じゃないよ、僕は機械人間さ」

コイタが生身の人間だってちっとも構わないが、僕は少しホッとした。

「じゃあ猫型じゃないとか?」

その言葉を聞くとコイタは海面から出ていた顔を隠すように鼻の頭まで水に浸かった。その僅《わず》かな沈下は僕が核心を突いたことを如実に現していた。ブクブクとコイタの口から泡が出た。水中で何か喋ったのだろうか。泡が消えるのをじっと見ていると、ゆっくりとコイタは浮上して首から上を再び晒した。

「僕は、スカンク型機械人間なんだ」

少し待ってもコイタが次の言葉を発しないので、僕は右手の平を右耳の後ろに添えて、耳をそば立てるポーズをした。コイタの発言を大袈裟に扱うような、からかいも含めた素《そ》振《ぶ》りではなく、ただスカンク型というところがよく聞こえなかったのだ。スタンク型と言ったように聞こえたが、スタンク型なんて聞いたことがない。コイタは僕が右手を添えた右耳をコイタの方に近づけたことに少しムッとしたように、さっきよりも大きな声でもう一度言った。

「スカンク型の機械人間なんだ黙ってたけど！」

「スタンク型って？」

「僕は、スカンク型機械人間なんだよ、猫型じゃなく」

「何？　スタンク型って」

「カアア――――！」

コイタがこの二年間で一番大きな声を出したので僕は浮き輪ごとのけ反った。

「なんだよ、びっくりした、なんだよもう」

「何度も言わせないでよ、スカンク型、もしかして知らないのかい、スカンク」

「えっスカンク？　知ってるよ、臭いオナラするやつだろ」

僕はようやくスカンクが聞き取れて合点がいった。スタンク型なんて言われても聞いたことがないし意味がわからない。しかしスカンク型というならわかる。猫型じゃなくて本当はスカンク型だった、というだけのことでとてもわかりやすい。コイタはまだ少しムッとしている。

「正確にはオナラじゃないよ。スカンクは外敵から身を守るために肛門の両脇にある臭腺《しゅうせん》から臭い分泌液を噴出するんだ。それがなぜだかオナラだなんて言われて心外なんだよ僕は。これを機に覚えてほしい」

僕は少し考えて、さっきまでの不安や憂いが馬鹿らしく思えてきた。コイタがあんなに打ち明けることを逡巡《しゅんじゅん》してとうとう告白した真実とは、どうやら本当に猫型というのが嘘で実はスカンク型だったというだけのことらしい。あまりの馬鹿馬鹿しさに僕の体は海の水に溶けるようにふわりと浮いた。ホッとした途端にコイタのことをからかいたくなってきた。

「なんだそんなことか散々焦《じ》らして。大したことじゃないのに大袈裟だな。スカンクのことなんてよく知らないいし、何だっていいよ。猫でもスカンクでも。それともスカンクだからしょっちゅうオナラするとか？」

コイタは返事をしない。うつむきがちに二人の間の水面を、今まさに何かが浮上してくるといった様子で凝視している。僕もつられて同じ所をじっと見ると、ボコンと大きな気体の塊《かたまり》が浮き上がってきた。オナラのような悪臭が僕の鼻腔《びこう》に潜り込んでほんのいっ時居座ると、何も言わずに消えていった。

「今オナラした？」

「うん。した」

「くっさいなあ」

僕は言いながら思わず笑った。

「コイタってオナラするんだロボットなのに」

「スカンク型は猫型とは違うコンセプトで作られた機械人間で、そもそも家庭用として発売された猫型が、人間の生活の補助や癒しを提供して、家族の一員のように扱われるのを想定されているのと違って、玩具的なコンセプトで作られているんだ。家電メーカーのユーモアをアピールするために作られた、どこでも臭いオナラを出しますよ、なんていう馬鹿げたロボットさ。笑っていいよ。本当に、馬鹿馬鹿しいだろ、笑えてくる」

そう言ったコイタの顔はひとつも笑っていない。

「それでも当時、人間並みに二足で運動する自律型機械人間は世に出始めたばかりで、まだ一般家庭にも普及していない。自治体や企業のイベントとか、テレビのバラエティ番組や動画チャンネルにレンタルされたりとスカンク型も重宝されてたんだよ。お笑い芸人が、オナラで勝負したりね」

「好きな時にオナラを出せるってこと？」

真剣な顔のコイタとは対照に僕ははしゃぐようなうわずった声で訊いた。

「そうだよ、いつ出るかわからなかったら困るじゃないか。まあ、そういうモードも一応あるけどね、いつ出るかわからないっていう。それで、そのスカンク型を人々が見飽きた頃、満を持したように同メーカーが発売したのが、一般家庭用の猫型機械人間さ。もちろんオナラはしないよ」

「なんで未来の僕は、スカンク型を僕に送ったの？　いや別にいいんだけどさスカンク型で」

「さっきも言ったけど老人の君はそんなにお金無いからね、あっと、これは言っちゃいけない、なしなし、聞かなかったことにして」

できれば忘れたい未来の情報だが、いっ時忘れかけた頃に念を押すように聞かされてはもう忘れることはできない。僕は「うん」と小さな返事をした。

「だけど僕のＡＩ、人工知能は猫型と同じものなんだよ。おもちゃのスカンク型より、だいぶハイスペックなんだ。メーカーの倉庫に眠ってた大量のスカンク型を、ＡＩも含めて所々、猫型と同じ最新のパーツと交換したりして、バージョンアップしたものなんだ。それでいて猫型よりもリーズナブルという。まあ、だから猫型と思ってくれてもいいけど」

なぜスカンク型の在庫が大量にあるのかも気になったが、そこまで気にすると頭が追いつかないのでそのことには触れずにおいた。

「つまり、スカンク型を所々整備して、猫型に便乗して安く売られてたってこと？」

「あけすけに言うとそうだよ。ただオナラ機能だけは分離するのが厄介で、そのままなんだ」

僕は心からおかしくなって、ビーチで傍《はた》迷惑な陽気を放散している若者たちに負けないくらいアハハハと大きく笑った。

「そんなに笑うなよ」

「笑っていいってさっき言っただろ」

僕は海底を何度も蹴ってピョンピョン跳ねた。

「そんなことで一緒にいられなくなるわけないのに」

少し照れ臭くて、浮き輪にもたれて視線を外してから言った。

僕たちは勇気の許す限り沖まで泳いでみたり、波打ち際で大きな穴を掘ったりした。その大きな穴に波が押し寄せ瞬《また》く間に池になるのが愉快だった。コイタの両足をくるぶしまで濡れた砂で固め、身動きができなくなったコイタが上半身を右へ左へジタバタとくねらせ、終《しま》いには尻餅をつくと同時に「消費が激しい！」と叫んだのがたまらなくおかしくて二人で大笑いした。いつまでも遊んでいたかった。ビーチボールもボディボードも、もちろんＢＢＱセットだって無いけど、僕たちは二人ならずっと遊んでいられる。

砂まみれで遊んでいる最中、コイタはネット通販で販売されている時に『スカンク型猫型ロボット』と銘打たれていたことや、実はコイタは品質に少し難のあるアウトレット品で、好きな時にオナラを出せるには出せるけど、それを一日に五、六回ほど、必ず出さないとガスが溜まってシステムエラーが生じると言う、吹き出してしまいそうな不良があることを教えてもらった。必ず五、六回オナラをする、ということをすごく気にしていたようで、「僕も五、六回するよ」と言ってあげたら嬉しそうな顔をしていた。その時のコイタの顔を僕は忘れたくないと思った。

二人で浮き輪につかまって浮いていると、コイタの後頭部からアラーム音が鳴った。

「もう三時か」

僕が残念そうな顔をすると、コイタは「また来年来よう」と言った。来年は高校一年生だ。ケイゴやツネジは違う高校に行くだろう。それでも一緒に来てくれるだろうか。コイタは必ず一緒に来てくれる。僕はこれからずっと、毎年コイタとこの海に来るのかもしれない。そんなことを思いながら「また来年来よう」と全く同じ言葉を返したら、コイタは真似をしてからかわれたと思ったらしく、コラッと叱るような感じで軽く「カアッ」と吠えた。

西日に焼かれながらバスに揺られる帰り道、僕はしぼんだ浮き輪で膨らんだリュックを膝に乗せて、これから先にある幸せや不幸や色々なことをぼんやりと眺めていた。僕の先には僕の人生があり、きっと様々なことを乗り越えていくのだろう。それは今日という一日をスタートに始まるような気がした。コイタは一番前の一人掛けの席で、真後ろの僕へ振り返りもせず大人しく座っている。もしかすると今スリープモードにしてエネルギーを節約しているのだろうか。後ろからではコイタの様子がよくわからない。そよ風程度の息を後頭部に吹きかけてみたが反応はなかった。

「ねえ、僕将来どんな仕事するのかな?」

コイタが答えるわけもない質問が不意に口をついて出た。コイタは首を九十度窓の方へ曲げて、目線を少しだけ僕の方へ向けた。

「そういうことは、教えられないんだよ。一瞬言いそうになっちゃったけど。でもね、君のこれからの頑張り次第で、未来をより良くしていくことだってできるんだ。未来のことなんて聞いたってしょうがないいんだよ。ただ、君は長生きするってことだけは言えるよ。

だから、がんばろう」

コイタが言い終えると同時にやたらと嫌な悪臭が漂ってきて、窓を開けようかと考えていると、窓外に見慣れた中学校の校舎が見えて、夏休みの終わりが近いことを僕に告げた。そんなことわかってるよと言い返してやりたかった。帰ったら、夏休みの宿題なんかさっさと片付けてしまおう。あとどれくらい残っているのかは全然わからないけど、今日中に終わらせよう。そうして、残りの夏休みを有意義に過ごそう。ツネジたちのように受験勉強するのもいい。図書館に行けば涼しいし、はかどること間違いない。

家に着く頃には日も沈みかけていた。パートから帰ったばかりの母が急いで用意した、輪切りのちくわが浮いた素麺《そうめん》をあっという間に食べ終わると、デザートによく冷えたスイカが登場した。

「今日は豪華だ」

それもあっという間に食べ終え、コイタと一緒に風呂に入り、畳の上に敷きっぱなしてあった布団にゴロンと横たわるともう二十時をまわっていたので、宿題は明日やることにした。あれだけ海で遊んで疲れ切った夜に宿題のノートを開ける気にはならない。それは冒険や友情で彩られた今日という一日に対する裏切りであり、無粋《ぶすい》な行いに他ならないのだった。

網戸の外側に蚊がとまっているのが見える。ほんの少し、涼しい夜風が入ってきたように感じたが、そんなものはやおらこっちを向いた扇風機に一瞬のうちに掻き消された。窓の向こうにそびえる太々しい四号棟がなければもっと風が入ってくるのだろう。この六畳の西向きの部屋は元々は父が寝る部屋だったが、コイタが宙より現れ僕に激突した日からは僕とコイタの部屋になった。コイタはいつもと同じに部屋の隅《すみ》でクッションに座ってじっとしている。僕も布団に仰向けになり黙っているので部屋はしんとして、隣の部屋から父と母が観ているテレビの音がよく聞こえてくる。いつもなら僕もテレビを観たり漫画を読んだりしている時間だが、今日はそんなにすんなりとお定まりの日常に戻る気にはならなかった。

シーリングライトが眩しくて、体を横に向け右手で頬杖《ほおづえ》をついた。そうするとコイタと向き合うかたちとなったので、二人で今日一日のことを楽しく振り返りながら、その中であの銭湯でのこと、僕がいかに毅然とした佇まいで驚くべき状況を乗り越え、またそのことによって心を強くしたか、その大いなる成長を話して聞かせたくなったが、その前に一つ気になっていたことを問いかけてみた。

「さっきバスの中で、僕が将来どんな仕事するのかなって言った時にすごい変なにおいしてたけど、君オナラした？」

「したよ」

何食わぬ顔をした端的な答えが返ってきた。

「しましたけど何か？」

こいつ、あんなに気にしていたのに開き直ってやがると思ったが、それがなんだかおかしくて笑いそうになった。

「なんであんなタイミングでするんだよ」

「好きな時に出せるとは言ったけど、一日に五、六回は必ずしなきゃいけないって言っただろ。その一回一回のタイミングを、前後に十分、十五分くらいは調節できるってだけなんだ。バスだから我慢してたけど、もう出すしかなかったんだよ」

「そうか、完全に好きな時に出せるわけじゃないのか。ねえ今日はあと何回残ってる？」

そう訊いた時、僕は今日すでに何回も臭いにおいを嗅《か》いでいることに思い至った。

「ねえ、今日海に行くバスの中で……」

今日一日の冒険を振り返って楽しむつもりだったが、コイタのオナラを振り返ることになった。

《答え合わせ編》

「ポンプ場みたいなところで、すごく変なにおいしたんだけど、あれってそう？」

「ああ、あれね」

「バスの窓閉め切ってたのに変だと思ったんだよ。外に出たらよっぽど臭いポンプ場なのかなと思ったけど、あれ、そうだったんだ」

「まあ、バスが長いからね。我慢はしてたけど出さないといけない頃合いだったんだ。朝からしてなかったし」

「あとバス降りて、浮き輪売ってた店でなんだか変なにおいしたけど、ああでもあれはあの店のにおいかな」

「あれも僕だよ」

「間隔が短くない？」

「バスの中で出し切ってなかったからね、その残りと思ってもらっていいよ。合わせて一回ってとこかな」

「そんな、分けて出すこともできるんだったら自由自在じゃないか」

「そんなことないよ。調子がよければかなり短い間隔で二回に分けられるってだけだし。

分ける必要もあまりないしね。さあ、あと四回、全部当てられるかな、思い出してごらん」

どうにも馬鹿馬鹿しいと思いながらも僕は少し楽しくなってきた。

「全部当てたら何かあるの？」

冗談めかして訊くと、コイタは少し考えるように上に目をやった。

「そうだなあ、よし全部当てられたら君を一つ驚かせてあげるよ」

「別に驚きたくないよ。もう今日は十分色々と驚くようなことがあったし」

「でも興味あるだろ」

「まあね」

あの店を後にして海まで行って、階段を降りて……潮のにおいはしていたが何も臭くはなかった。そのまま海へは行かず、僕等は道を歩き出して……。

「そうだ、あの後行ったお風呂屋さん、思い返すとお風呂場が少しだけ臭かったかも……君窓の外でオナラした？」

「してないよ、ずっと玄関にいた。お風呂にいた誰か他の人がしたんじゃないの？」

あの風呂場での戦いをコイタに話したかったが、急にどうでもよくなってしまった。

「じゃあ、あのお風呂屋さんから出て外を歩いてる時、あれはしただろ、確実に。音がしたもん」

「ご名答」

コイタは言いながら軽く数回手を叩いた。

「まあこれはサービス問題かな」

「君、音も自由自在なわけ」

「音は、そうだね。出す出さないは自在だし、音量も調節できるよ」

「なんであの時だけ音出したの？」

「あの時は、君にいよいよ僕のこの体質を告白する時が来たと思って、わかりやすく実践したんだよ」

「そうだったのか」

あの後僕達は話しながら来た道を戻り、ビーチへ下りて更衣室を借りて……。

「更衣室が臭かったけどあれはトイレのにおいだよね」

「うん、そうだね。更衣室ではしていないよ」

やはりと思った。おそらく違うとはわかっていたが、これくらいの判断はつくのだという回答者としての自信を、今やすっかり開き直りオナラの神にでもなったかのように悠然と鎮座《ちんざ》するコイタに示したかった。

「じゃあ次は、海に入ってて君が下を見てて、大きい泡が上がってきた時だ」

「的中」

さっきより大袈裟に手を叩いたコイタの顔は、僅かに口角が上がり勝利を確信したかのような不敵さを湛えている。僕は何か見落としているのだろうか。一抹《いちまつ》の不安と共に回想を進めた。

「そのあとは、遊んでて臭くなったりしなかったし、帰る時の更衣室でも、やっぱりして……」

コイタの顔を見ながら言葉を止めて待つと、「ないよ」と返ってきた。

「だと思った」

「今のはちょっとずるいよ」

「じゃあもうあとはあの時だろ、さっき言った、帰りのバスの中」

「まただ正解、これで四つだね。で、あと一つは？」

僕は口籠《くちごも》った。やはり一つ見落としがあるようだ。それとも家に帰ってからだろうか。

しかし思い当たらない。

「家に帰ってきてからは、して～……」

「ないよ、だからそれはずるいってば」

僕は負けたくなくて、慌ててもう一度海に向かうバスに戻って回想を始めた。早く答えなくては唐突に時間切れを宣告されるかもしれない。今度は急ぎ足で今日の道程をたどった。バスを降り、店を見て、浜に下りかけて下りるのをやめて……。全てを思い出す必要はない。においの記憶だけをたどればいいのだ。どこかで何か、おかしなにおいはなかったか。道を歩いて、家があって、庭を覗いて……。

「あっ」

僕が思わずあげた声にコイタは驚いた顔をした。敗北を予感したのかもしれない。

「あのお風呂屋さんの庭を覗き込んでた時……じゃない？　もしかして。蚊取り線香のようなにおいがしたけど、でも何か変なにおいだったんだよ。いや違うかな、蚊取り線香のようなにおいだったし……でもとにかく変なにおいではあったけど」

「で、どうするの？　そこに決めた？　別のとこにする？最後の一つ、当てたら君の勝ちでいいよ」

「でももし違ったら……」

「違ったら僕の勝ちだ」

これは迷いどころだ。確かに変なにおいではあったが、あの家から漂ってきたのかもしれない。でも垣根の外側まで？　しかもあれがオナラだとしたら、においまでもある程度自在ということだろうか。やはりあれは違うのかもしれない。とはいえ他にもう思い当たる所もない。

「よし決めた。そこで君はオナラをした。そうだろ?」

コイタは黙っている。わかりやすくニヤリとした顔をつくってじっと僕を見ているのは何かのクイズ番組の真似だろう。明らかに僕を焦らしている。一体正解なのか不正解なのか。正解したところでその報酬ときたらコイタが僕を驚かせるというだけだし、それが少し気になるとは言っても別段驚きたいわけじゃない。しかしここまで来たら正解したい。勝負事というのはどんなにくだらないものでも、やはり勝ちたい気持ちになる。親友が一日のうちに出した五回のオナラを思い出すという馬鹿げた労働を強いられたのだから、なおさら負けたくない。

「僕コイタは、あの時あのお風呂屋さんの生垣の前で、オナラを……」

「早く言えよ」

「し……………」

「早く言えよ」

「…………………た!」

よし! と拳《こぶし》を握り腹の横で小さく振った。僕は勝負に勝った。しかしこんなクイズにそこまで喜ぶことはないなと我に返り、一瞬の歓喜を誤魔化《ごまか》すように扇風機に顔を近づけ顔の熱を冷ました。扇風機はすぐにそっぽを向いてしまった。次の瞬間。

パアン！

拳銃が発砲されたかのような強い破裂音が響いた。隣の棟《むね》にまで響いたかもしれない。薄い壁の向こうで「何？」と驚く母の声が聞こえた。僕ももちろん驚いた。

「何、今の音……。びっくりさせるって今の？　なんだよそんな音出して、うわ臭い！　何これオナラ？」

首尾よく僕を驚かせたことに満足したような顔をしてコイタは言った。

「一日に五、六回するって言っただろ」

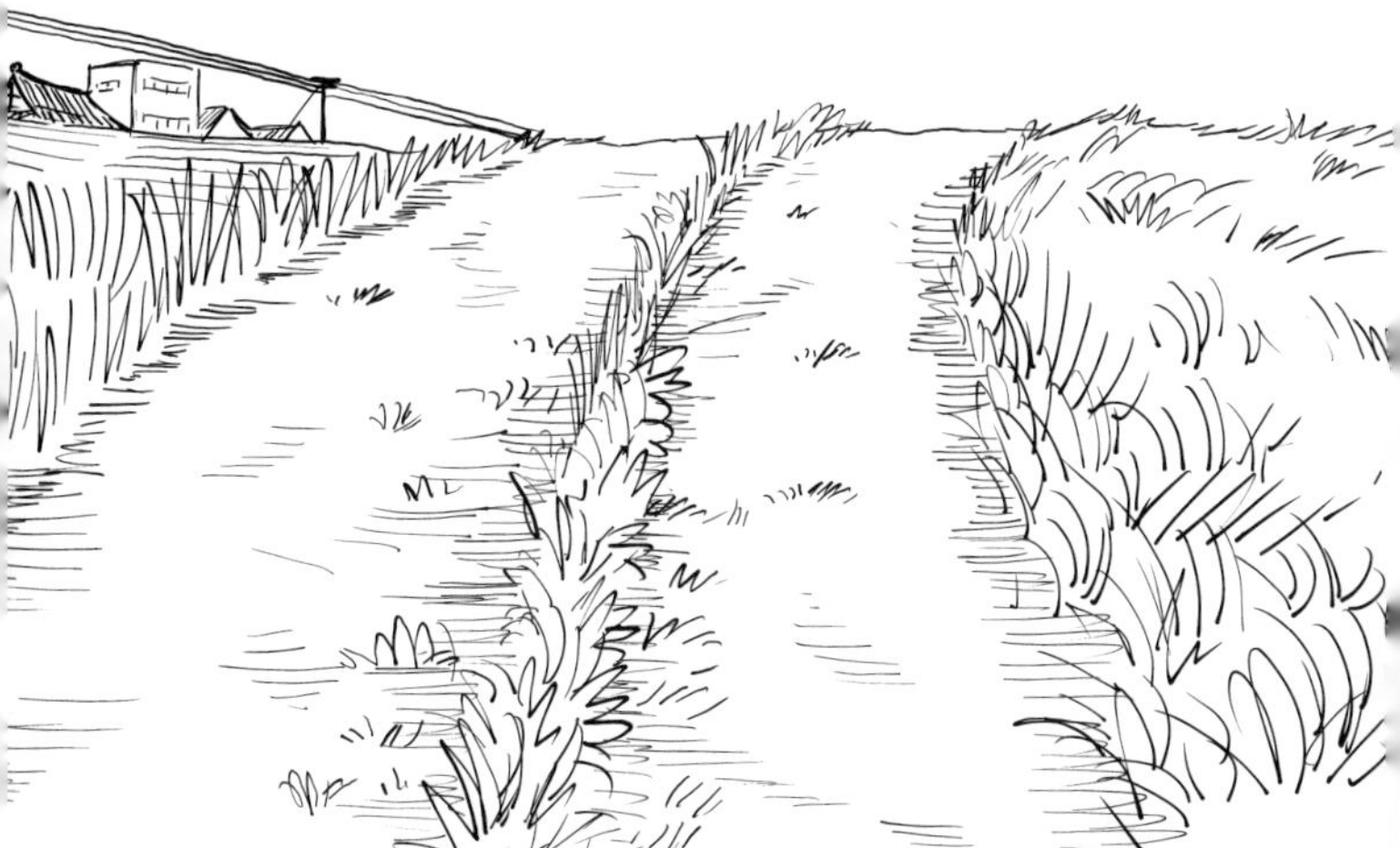

転校生

ブラジルで育った浦賀拓実《うらがたくみ》は両親が共に日本人で、全く澱《よど》みのない日本語を話す。ブラジルからの転校生という波乱の二学期を予感させる大ニュースに教室はどよめいたが、照れ臭そうに登場した浦賀拓実のブラジルのブの字も感じさせない風貌《ふうぼう》と流暢《りゅうちょう》な日本語に、がっかりしたような安心したような、どちらとも取れる空気がにわかに教室を濁し、速《すみ》やかに霧散《むさん》した。それは二学期も一週間を過ぎた頃の、まだ少しだけ夏休み気分を引きずっていたたい、それに応えるように蟬の五月蠅《うるさ》い暑い日のことだった。転校生を待っていたように席替えが行われ、浦賀拓実は真ん中の最後尾、佐々木広道《ささきひろみち》の隣になった。

つまらないことになったと佐々木は思った。A組の人数は浦賀拓実の登場により三十二名となり、全六列のうち真ん中の二列だけが他の列より一名多い列となったのだ。それで教室の最後尾には佐々木と転校生の二人だけが飛び出る形となった。一学期までは、一人多い列はただ一つだけでそれは窓際の一列だった。その窓際の最後尾はどちらかというと良席、特等席とみなす向きさえあったが、この二学期における最後尾の席は、少なくとも佐々木にとっては残念なハズレ席だった。教室内を左右対称にしたいという担任教師の思いつきによる配置の変更であったが、それによって教室の中央、最後尾の二席は際立った孤立感を主張するようになり、ましてそのうちの一つにはブラジルからの転校生が鎮座《ちんざ》しているとあっては否《いや》が応《おう》でも注目を集める、まるでミニステージのような二席となってしまった。佐々木には自分とその隣の二席のスペースだけが、わずかにせりあがっているのではと思えるほどだった。

浦賀拓実は静かに席に着くと同時に「よろしく」と小さな声で佐々木に挨拶をした。佐々木はホッとした。ブラジルからやってきたとはいってもごく普通の日本人、どうやら自分の享受する特段の刺激も退屈もない安穏《あんのん》たる学園生活を掻き乱すような存在ではなさそうだと感じた。もう二学期だし、ことさら仲良くなろうと努めなくても、程々《ほどほど》の距離を保ち、学園の中でのみ交流する友達になれればいい。佐々木は転校初日の緊張を湛《たた》えた浦賀の顔に持ち前のサービス精神を刺激され、ちょっと過剰だったかと自嘲するほどの笑顔で「よろしく、あ、俺、佐々木」と返した。それに対しては何も返ってこなかった。

一限目の授業は数学で、担任の数学教師がそのまま教鞭《きょうべん》をとった。授業中、教師は浦賀拓実の理解の程度や授業に対する反応を観察しているようだったが、授業終了のチャイムが鳴ると、満足そうに教室を出ていった。横からチラチラと見ていた佐々木の目にも、授業中の浦賀拓実はやはり至って普通の男子生徒で、授業を理解できているのかはわからないが、少なくともその佇《たたず》まいは当然ながらいかにも日本人のそれで、ブラジルから来たことなど早くも忘れさせるほどだったがさすがはブラジル、一限目が終わるや否《いな》や浦賀拓実の席を取り囲んであれやこれや質問を畳み掛けるクラスメイトたちによって、教室にはかつてないブラジルブームがやってきた。

ブラジルのどこにいたのか？　サッカーは上手いのか？　どんな学校に行っていたのか？　なぜブラジルに？　クラスのカースト最上位と言える、明るく社交的で、少し排他的な雰囲気を持つグループ、面白そうなことには何にでも首を突っ込む、佐々木の中では特攻野郎Aチームと呼ばれるその男女数人のグループの無邪気で無遠慮な質問の数々によって、ブラジルでの浦賀拓実があっという間に露《あら》わになっていった。台風の目となった浦賀拓実からは離れたところに落ち着いて、近づいてこようとはしない生徒達もれなく耳をダンボにして、地球の裏側から吹いてきた熱風を受け止めていた。

まず誰もが驚いたのは、浦賀拓実が住んでいたのはジャングルに囲まれたような田舎の町だということだった。クラスの誰も聞いた事がない町で、そこの学校には通っていたが休みがちだったらしい。何せ学校へは歩くと一時間かかり、それもジャングルを抜けなければならず、途中吊り橋を渡ったりもするというのだ。それで勉強は両親から、特に数学などは熱心に教えられたという。両親は共働きで、何かの薬の会社だとか、植物の研究だとか、浦賀拓実の説明がどうもはっきりしないので、彼自身よく理解していないのかもしれなかったが、特攻野郎Aチームの誰もそのことにはさほど興味が湧かなかったようで深く追及せず、もっぱらジャングルという言葉のインパクトに支配され、どんな動物がいたかとか、部族の集落はあったかとか、そんな質問が誰からともなく次々と湧いて出た。

浦賀拓実はたくさんのクラスメイトに囲まれ最初こそ戸惑いを隠せない様子だったが、質問に一つ一つ答え、その答えのどれもが純粋な好奇心による大いなる感嘆でもって受け止められるので、すっかり気分も高揚し、次第に饒舌《じょうぜつ》になっていった。

「腹減った〜」

二限目のチャイムに殴られたように苦しそうに腹をさすりながら浦賀拓実が言い放ち、クラスメイト達の爆笑を得た。いいオチがついたとばかりに皆が次々と自分の席に帰っていき、音もなく現れた社会科の教師が黒板を背にすると、すっかり落ち着きを取り戻した教室では再び浦賀と佐々木が後方の孤島に取り残された。その表情は対照的で、成し遂げたような自信に満ちた浦賀拓実の横顔をチラチラうかがう佐々木は、呆気《あっけ》にとられて拠《よ》り所《どころ》が定まらないような顔をしていた。

二限目の終了のチャイムが鳴り再び教師不在となった教室では、まだまだブラジルから吹いてきた温風は浦賀拓実を軸に熱を持ったままだったが、一限目の終わりと違い浦賀の周りを取り囲む生徒はいなかった。三限目が体育なので、女子生徒は全員更衣室へ移動し、教室には男子生徒だけとなり、中には女子の姿が教室から無くなるのを待たずさっさと着替え始める者までいて、男子生徒の着替えという慌ただしい日常感の圧力が、急に吹いたブラジルの風を教室から押し出そうとしていた。それでも佐々木をはじめ浦賀拓実の近くにいる何人かは着替えながらも転校生を気にしている様子で、それを感じてか、それとも誰も自分に注目していないと感じたのか、浦賀拓実は上半身裸になると腹をさすり、先刻よりも力強く呟いた。

「腹減った〜」

ほんの一瞬、教室が凍ったように静まったのを佐々木は感じた。たまたま誰も口を開かない瞬間がその時にあったのかもしれないが、佐々木にはそうではないように思えた。柔道部の青田《あおた》がその一瞬をなかったことにした。

「いや早いよ、腹ペコキャラか」

どっと笑いが起こった。恥ずかしそうに腹をおさえたまま裸の浦賀は答えた。

「朝おにぎり三つしか食ってないしさ」

今度は卓球部の野呂《のろ》が返した。

「しっかり食べてんじゃん」

また少し笑いが起こった。佐々木もつられて笑った。笑いながらも訝《いぶか》しみ、転校生の覚悟とも言える腹づもりを推量した。どうやら浦賀拓実という男は自身を常に腹を空かせた食いしん坊なキャラだと皆に伝えようとしているようで、本当に腹を空かせているのかはわからないが、とにかく相当な決意をもってクラスに受け入れられよう、あわよくば人気者になろうと今まさに足掻《あが》いている。なるほどそれは非常にわかりやすいとっかかりで、謎に満ちた転校生に対して各々《おのおの》が接してみようと試みる上で隔たっている壁を取り除く一助となるものだった。安易かもしれないが或いはこれ以上ない一手ではないかとさえ思えた。佐々木は浦賀拓実の、転校生として望ましい大いなる勇気に感服した。

カーテンが開け放たれた窓から、午前の強い陽光を反射して光っているようなグラウンドを眺めて誰かが言った。

「プール入りてー」

その日の体育は他の学年がプールを使用するため、三年A組はカンカン照りの中ソフトボールをする羽目になっていた。続けて卓球部の野呂が言った。

「ソフトボールとかいらねー」

それを受けて浦賀拓実が発した。

「ソフトボールって何だ？　食いもん？」

一同がギョッとした。笑う者もいたが、耳を疑って浦賀の顔を見るだけの者が多かった。佐々木もその一人だった。柔道部の青田が少し笑いながら、皆の気持ちをまとめるように言った。

「マジか、ソフトボール知らんとか、マジで?」

浦賀は次の言葉が思うように出てこないといった様子ではにかんだ顔をこしらえていたが、青田の言葉が口火となり立ち所に色々な声が浦賀に、あるいは誰にともなく発せられた。

「いや、スポーツスポーツ」

「マンガのキャラじゃん浦賀君」

「すごいな」

「野球みたいなやつだよ」

転校生の転校生たる強い意志と勇気に敬意を持ったばかりの佐々木だったが、冷や汗が全身から出るような不快な衝撃を受け、(踏み込みすぎだ)と心中で叱咤した。ジャングルから来た、物を知らない腹ペコな奴、というキャラクターは浦賀拓実の思い通りにクラスメイト達に受け入れられ、あわよくば人気者にだってなれる可能性があった。それなのに調子に乗って踏み込まなくてもいいところまで踏み込んでしまった。蛮勇《ばんゆう》だ。佐々木は呆れた。何の縁か席を隣にし、孤独な転校生のプランに即した懸命さを目の当たりにして、心から彼の学園生活を応援する気になり始めていたが、今や佐々木の眉間《みけん》には深いしわがより、お調子者の綱渡りを見るような眼光を浦賀に向けて放つばかりだった。

笑いこそ少なかったものの浦賀の発言で場は大いに盛り上がり、グラウンドへの移動で一人また一人と教室を後にして自然と小さな祭りは収束したが、最後の数名となるまで教室に残っていた浦賀拓実はその顔に晴れ晴れとした達成感を湛えていて、そのことがより佐々木を苛立たせた。

何も達成していないのだ。そのキャラを続けていくのだとしたらそれは継続して相当な労力を要するもので、引き返すのなら今しかない。そうアドバイスしたい気持ちだったが、しかしもしかすると……佐々木は迷い始めた。本当にソフトボールを知らなかったのかもしれない。浦賀という人物のことを自分はまだ全然わかっていない。彼はキャラを作り上げようと奮闘しているのではなく、純粋にありのままの自分でクラスに溶け込もうとしているだけの、何の変哲もない転校生なのではないか。そうでなくては、ソフトボールって何だ、食い物かなどと言えるものではない。クラスの皆はもう彼のことを受け入れているように見えるし、自分だけが浅ましくも懐疑的に見ているのかもしれない。確かに自分にはちょっと意地悪な面もあるだろう。そう考えて佐々木は少し恥ずかしさを覚えた。もう少し様子を見よう。そしてどちらにせよ隣の席なのだし、二人きりの孤島の住人なのだから、なるべく彼の力になってやろう。最後の一人となってしまった佐々木は慌てて教室を飛び出した。

野球とほとんど同じだと説明されて、浦賀拓実はソフトボールという球技をすっかり理解したようだった。大袈裟《おおげさ》に合点がいったという顔を作って「あー野球ね」と独り言のように言った。やはり本当にソフトボールのことは知らなかったのだと佐々木は思った。しかしソフトボールを食べ物かと推測したところまで本当かとなると疑念の余地が残る。とはいえよくよく考えてみるとソフトボールという名前にはミートボールに似た響きが確かにある。相当に柔らかい加工肉が、給食センターの人達の手によって一つ一つ丁寧に丸められた、味も離乳食のようにソフトな肉団子、それがソフトボール。そう思っても不思議はない。佐々木がそんなことを考えている間に、一番バッターに祭り上げられた浦賀拓実の不恰好《ぶかっこう》なフルスイングから力強い内野フライが高々と打ち上げられた。浦賀の身長は百八十センチ近くあり体も細くない。なかなかの腕力を持ち合わせているようだ。おおー、という声が所々から上がった。ここでも成し遂げたといった顔をして歪《いびつ》なバッターボックスから引き上げてきた浦賀は、誰にともなく大きな声で言った。

「腹減って力でねー」

また来た！　と佐々木は心で叫んだ。同時に、もう穿《うが》った見方はやめて、転校生のこのキャラクターを素直に受け入れようという、諦めも含んだ寛容が顔を出した。彼は本当に物事を知らないし、本当に腹が減ると力が出ないのだ。確信は持てないがそうなのだ。そう思って接することこそが変わらぬ平穏な日常を保障するのだ。そのあと二度、豪快な三振を披露した浦賀はその都度《つど》、空腹で力が出ないとぼやいた。

浦賀拓実はブレなかった。クラスメイト達の会話に積極的に参加して、わからない言葉に「〜って何だ？」を連発した。皆がそれに慣れ、口にこそ出さないがだんだんと面倒臭くなっておざなりな返事をしようものなら、ここぞとばかりに「それ美味《うま》いのか？」とか「それ食いもんか？」を繰り出し無理矢理に関心と笑いをもぎ取る。そのあとダメ押しとばかりに「腹減ったー」を付け足すともう一丁上がりといった面持《おもも》ちで満足気な浦賀を見る佐々木は、フルコースおいでなすった、とか、はいお疲れ様です、とか思うのだが、都度また意地悪なところが出ているぞと自身を戒めて、心細かろう転校生を見守る優しいクラスメイトに変わるのだ。クラスで最も浦賀拓実を気にして、事あるごとにその言動に注意を払っているのは間違いなく佐々木だった。

教室の窓から見える銀杏《いちょう》の大木にはもう僅かの葉も無くなって、冬の訪れと中学時代の終わりが近いのを伝えているのに、休み時間の教室には様々な声が折り重なったり弾《はじ》けたりして誰もそんなことは気にしていないといった風で、冬休みが近づくほどに喧騒は増していくように感じられ、そのことに佐々木は一層の淋しさを覚えた。

昼休み、佐々木を含め男子ばかりの六人が教室の真ん中あたりで時間を潰すように雑談をしていると、話は皆にとって馴染《なじ》みのショッピングモールにあるフードコートのことに及んだ。『フードコート』という言葉が出て佐々木は教室の後方にチラと目をやった。二人だけの無人島に一人残り、腕を組んで窓の外に何かを見ている浦賀は何の反応も見せなかった。佐々木はおやと思ったが、以前誰かがフードコートで一緒に勉強しないかと浦賀を誘っていたことを思い出した。その時浦賀は「フードコートって何だ、どんな食いもんだ、美味いのか？」と言った。美味いっちゃ美味いよ、と誰かが答えて笑いが起こっていた。思い出して佐々木は安心した。もしも浦賀にとってフードコートが初耳で、今この六人の輪の中に「フードコートって何だ？」と割って入ってきたとしても誰も笑わないし、説明するのも面倒で下手をすると誰も返事をしない可能性さえある。皆が浦賀のキャラクターには慣れっこだし、良く言えばクラスに馴染んだとも言えるが、少なくとももう誰も浦賀のお馴染みのキャラクターで盛り上がろうという気持ちにならないのは明らかだった。

フードコートに行こうという話になり、六人のうちの一人が、あそこのWi-Fiは変だ、と言い出し、それを皮切りに話が小さな盛り上がりを見せた。

「Wi-Fi変て何だよ。遅いだけじゃん」

「いや別に普通だったよ」

「俺ああいうとこのWi-Fiって使わない実は」

佐々木は教室の後ろを見なかった。見なくとも床に椅子が擦《こす》れる大きな音が浦賀によるものだとはっきりわかり、わかった時には自分の方に浦賀が歩み寄ってくるのがわかった。

「Wi-Fiって何だ?」

おいでなすった! と心で叫んだのは佐々木だけではなかったかもしれない。佐々木は言い知れぬ不安でいたたまれなくなった。案の定、Wi-Fiが何であるかを率先して説明しようとする者はおらず、今やお決まりの短い沈黙があった。一人がぶっきらぼうに「Wi-Fiは Wi-Fiだよ」と言った。

「ネットに繋ぐやつだよ」

慌てて佐々木が補足した。佐々木の思いを知ってか知らずか浦賀は平然とした顔であっさりと納得した。

「ああ、インターネットのやつね」

佐々木がひとまずの安堵を得た時には、帰宅部の園田《そのだ》が浦賀の立場をおもんぱかって、穏便に輪の中に招き入れようと試みていた。

「浦賀君もあそこのフードコート行くの？」

園田の問いに黙って考えるような素振《そぶ》りを一瞬だけ見せて浦賀が発した言葉に佐々木は愕然《がくぜん》とした。

「フードコートって何だ？」

ほんの小さな間ではあるがとてつもなく重い、重金属のような沈黙が場の全員を覆った。

「ああー……」

ため息混じりに誰かの声が聞こえて、途端に佐々木は浦賀拓実を気にかける自分が馬鹿らしく思えた。浦賀は転校初日から何一つ変わらず、ただ自分のキャラクターを貫いているだけに過ぎないが、何の因果か回ってきた損な役回りを引き受けていると感じていた佐々木にとって、それは無償の気遣いを踏みにじられることだった。

「いや絶対知ってるだろ、この前フードコートって何って聞いてたじゃん。そんでフードコート行ったたって聞いたけど」

苦々《にがにが》しい笑顔で苛立ちを隠した佐々木の言葉を聞いて何人かが笑った。

「知ってんのかよ」

「いいってもう浦賀君」

「キャラ必死じゃん」

次々と浦賀拓実に言葉が降りかかった。佐々木がずっと腹の底に溜めていた言葉の数々を全員で団結して芋づる式に引っ張り出したようだった。みるみる浦賀の顔は赤くなっていった。真っ赤な顔で一際赤い唇が震えた。

「いや、違うし……」

赤いのを通り越してプルーンのように青紫になっていく浦賀拓実の顔を見て、途端に輪の中から笑いは掻き消え、これは大変なことになるかもしれないという予感が六人全員の体を硬くした。もしかしたら泣いてしまうのではないか、それとも怒り出すのか、暴れ始めるのか、誰かがあとほんの少し、軽くつつくだけでこの大きなプルーンは弾けてしまう、そんな危うさを誰にでもわかるほどに放散していた。難関高を受験する優等生の和田《わだ》が、自分は潔白だと言わんばかりに佐々木を槍玉《やりだま》に上げた。

「佐々木君が言うから……」

血の気がひく思いがした。全員の気持ちを代弁したような気になっていた佐々木だったが、突然刺股《さすまた》で取り押さえられ、そのまま刺股で処刑台の上まで押されていくような恐怖から、パニックになった頭の中を咄嗟《とっさ》に掻き回し弁解の言葉をなんとかひねり出した。

「いや、みんなじゃん！」

佐々木は自分のすぐ右側に大きな気配を感じた。気配というより怨念であったかもしれない。大柄なその男は右腕を頭よりも高く上げた。佐々木は横目で、その腕の先にある少し毛深い手が硬く握られているのを見た。佐々木の脳天にハンマーのように拳《こぶし》が振り下ろされ、ドンッという鈍《にぶ》い音と共に佐々木の体はくの字に曲がった。

一体どこまでが現実でどこからが違うのか、佐々木にはわからなかった。人生において人に殴られるという経験がなかったことも災いして、佐々木の頭は恐怖と恥ずかしさでいっぱいになり、やり返そうとか、次の攻撃に身構えようという考えは微塵《みじん》も浮かばず、ただ目の前にある帰宅部の園田の机に両手を置いて、前屈《かが》みの姿勢のまま硬直してしまった。浦賀拓実の右拳はまるで鉄槌《てっつい》を下すように佐々木の丸くなった背中を叩いた。再びドンッという鈍い音が教室に響いた。

不思議と痛みはあまり感じなかった。思わずしゃがみ込んでしまった佐々木を尻目に、午後の授業の始まりを告げるチャイムを聞いた浦賀拓実は口をギュッと結んだまま自分の席へ早足で帰っていった。しんと静まった教室で、全員の視線を集めるのは佐々木だった。自分の席に腰掛け、目の前の惨劇を見上げていた園田は、今や自分の目線より低い位置にある佐々木の頭に「大丈夫？」と小さく声をかけた。

「別に」

佐々木は慌てて立ち上がり答えた。立ち上がってやっと、教室が異様に静まり返り視線の全てが教室の中央、たった今何事もなかったような顔をして立ち上がった自分に向けられているのがわかった。バツが悪そうに優等生の和田が「大丈夫？」と小声で訊いた。

「え、別に」

精一杯強がるしかなかった。続けて卓球部の加藤《かとう》と科学部の町田《まちだ》が「大丈夫？」と声を揃えるように言った。このままでは全員の「大丈夫？」を聞く羽目になりそうで、早く全てを過去のことにしたい佐々木は自分の席にさっさと戻りたかったが、氷のようになった教室で唯一の避難場所である自分の席は、残念ながらどう目を凝《こ》らしても浦賀拓実の隣で、二人きりの孤島なのだ。社会科教師の戸塚《とつか》は始業のチャイムが鳴ってもなかなか教室に現れないことで知られていて、あと一、二分は来そうにない。できれば授業が始まる直前まで席に戻りたくなくて佐々木が立ち尽くしていると、帰宅部の小坂《こさか》が「大丈夫？」と囁《ささや》いた。

静まっていた教室はざわざわと、本来あるべき音を取り戻し始めていた。教室で立ち歩いていた生徒や、教室に今しがた戻ってきた生徒達も次々と着席し、立っているのは佐々木を含めてほんの数人になってしまい、仕方なしにうつむき加減で自分の席へ戻り始めた佐々木だったが、ざわざわとした音の中に「殴られた」とか「ケンカ」といった言葉が混じっているのがわかると、目から今にも涙が溢《あふ》れ出そうになった。絶対に誰にも涙なんて見せたくない。顔いっぱいに力を込めて席に着いた佐々木は、今にも泣いてしまいそうなほど傷ついた自分と、自分をそのようにした隣の男に対して今も恐怖していることが悔しくて、そのことで余計に涙が出そうになり、もういっそ泣いてしまおうかと思ったところに社会科の教師が現れ、すんでのところでその涙を止めた。社会科教師の戸塚静《しずか》は顎《あご》の剃り残しを撫《な》でながら、教室の雰囲気に違和感を感じ取り、何か言いたげに教室を見回したが元来事なかれ主義を地でいく男で、結局そのことに何を言うでもなくいつも通りの授業を展開した。

佐々木は緊張感を保ち教師の言葉の全てを聞き、その目は黒板と教科書とノートの間を行ったり来たりした。それはまるで中学に入学したばかりの、緊張と期待に満ちた一学期のようだと感じられた。ただ当時と違うのは、たった今感じている緊張が、自分の真横に怪物が息を潜めて座っていることによるものだということだった。ついさっき人目を憚《はばか》らず自分のことを殴りつけた怪物。教室中に響いたあの鈍い音は自分の頭部と背中から発せられたと思うとゾッとした。しかし転校生もそんな目立ち方は望んでいなかったろう。よほどの怒りで我を忘れての凶行だとしたら、今も自分のすぐ隣で怒りのマグマは煮え続けているのではないか。佐々木は浦賀の方を向くことも、横目で見ることさえもできずに授業に聞き入った。授業を真面目に受けるのは当たり前だ、これが学生の本分だなどと心で呟いて、何を言い訳しているのか佐々木自身よくわからなくなったが、抑揚のない退屈な授業はその緊張と集中によって、いつもより早く終わったように感じらた。もしかすると授業中に、浦賀拓実が「ごめん」と小さな声で囁いてくるかもしれないという期待もあったが、時折フス――――ッとかピイ――――ッとか大きな鼻息を発して佐々木をドキッとさせるだけで、ついぞその口から望んだ言葉が聞こえてくることはなかった。

　教師が退室すると、まるで昼休みの惨事がなかったかのようにいつも通りのざわめきが教室を満たした。いつも通りではないのは、佐々木が友達と固まるのを嫌って、自分の席に座ったままでいることだった。その隣の浦賀拓実が休み時間を座ったままで過ごしているのは珍しいことではなかったが、教室の最後尾の二席に腫《は》れ物のような二人が並んで座ったままなのはやはり異様で、誰の目にも二人と、二人を除く教室の中の一切のものとの間には薄気味の悪い膜があった。その膜を面白がってつついたのが特攻野郎Aチームの本《ほん》間《ま》で、不意に佐々木の前に現れるや否や「ケンカしてんの?」と無思慮な言葉でもって佐々木を殴りつけ、返答も待たずにさっさとAチームのアジトのような、日当たりの良い窓際前方の世界へ戻って行ってしまった。アジトからこっちを見て笑っているのが見える。昼休みに「大丈夫?」を畳み掛けてきた仲間達は近寄っても来ずに、教室の真ん中で何か話している。佐々木は為《な》す術《すべ》のない孤独を突きつけられ、机の両端をぎゅっと握った。ずっと前から孤独だったような気もする。自分はこれまでもこれからも、ずっと一人ぼっちなのではないか。皮肉なことにこの教室で唯一、佐々木と同じに否応なく一人きりで佇む同志はことの元凶である浦賀拓実だけだったが、彼が同じように身動きが取れないような孤独を感じているのかはわからないことだった。

佐々木は夢を見た。どうも卒業旅行のようで、クラスの全員で海に近いホテルに来ていた。タワーマンションのように背が高く細長いホテルで、皆はわいわいと楽しそうに笑いながら、それぞれ自分の部屋を見つけて入っていく。佐々木は自分の部屋が見つからない。番号が書かれた紙切れを持っているが、どの部屋も扉に番号なんて無い。たくさんいたクラスメイトもどんどんいなくなって、あっという間に長い廊下に一人きりになってしまった。自分と同じように部屋がわからない人と一緒にいたいと思い階段を上がってみると、何人かが廊下にいてホッとしたが、そのうちの一人は浦賀拓実だった。少し嫌な気持ちがしたが、一緒に部屋を探そうと話しかけると、いいよと返ってきた。全ての部屋の鍵穴を綿棒でカチャカチャして開けて回ればいずれ自分の部屋にたどり着くだろうが、自分にはうまく鍵を開けることは出来ないので浦賀に頼る他ない。浦賀は手始めに目の前のドアの鍵穴を綿棒でいじり始めた。鍵穴からスッと引き抜かれた綿棒の先にはタールのような黒くドロッとした汚れが付着していた。その綿棒を縦にして持っているのでドロッとしたものが綿棒を伝い、反対側のまだ汚れていない真っ白な先端に垂れていきそうで、ひっくり返せばいいのにと思いながら佐々木はそれをじっと眺めたが、鍵はもう開いているのでドアを開けて踏み入ってみると、フェンスに囲まれた屋上だった。海を見下ろそうと二人でフェンスの前に立つと、浦賀拓実は「怒ってごめん」と言った。佐々木が「もういいよ」と返すと、その後にはもう言葉はなかったが、浦賀拓実は笑っていた。

ただの夢だろうか、それとも正夢かと考えながら木枯らしを押しのけたどり着いた翌朝の教室は、昨日の事件のことを忘れていつも通りの賑わいに満ちていた。多くの生徒は受験が日一日と迫る緊張感や不安をはらんでいて、その裏返しのように活力のある声を弾《はず》ませ、佐々木もまた昨日は別段何もなかったという顔をして、何人かの友達とかたまり他愛ない語らいに声を弾ませた。ただ一つ教室の中で昨日までと様子が変わったのは浦賀拓実で、自分の席に大人しく座り、誰かの話に割って入ろうとはせず、話しかけられれば一言二言返すものの、「〜って何だ?」とか「〜って食いもんか?」といったお馴染みの十八番《おはこ》はすっかり鳴りをひそめた。これはこの日だけにとどまらず、たまに腹をさすって「腹減った」と呟き浦賀拓実としての体面を保ってはいたが総じて元気がなく、まるで人が変わったような印象を数日にわたって周りに与え続けた。その変化は佐々木にとって喜ばしいもので、そうあってほしいと望んだものだったはずだが、今となっては浦賀拓実が何を食べ物だと誤認しようが、いつ腹が減って力が出なかろうが、全くどうでも良いことになっていた。浦賀拓実を気にかけていた日々が馬鹿馬鹿しく、時間と気苦労の無駄だったように感じられて、佐々木は浦賀拓実に対して、その損失を回収するようにすっかり無関心を決め込み、とはいえどうせ次第に元の調子に戻るのだろうから、それまでの暫《しばら》くはせめて落ち着いてもらって、この平穏な学校生活を享受しようという腹づもりとなっていた。

佐々木の予想に反して浦賀拓実の沈静化は一過性のものとはならず、受験シーズン特有の重苦しい冬休みをまたぎ、三学期を迎えてもまだ持続していた。急ぎ足で行われた席替えによって浦賀拓実と席が離れた佐々木は、トイレや廊下、下校時の自転車置き場といった教室の外でも浦賀拓実に近づきすぎないように注意を払っていたが、憑《つ》き物が落ちたように控えめな男子生徒となった浦賀に対してそれは難しいことではなかった。そうして一層浦賀拓実を意識の外へ押しやれば、残り少ない中学時代において心静かに澱みなく受験や友達と向き合い、卒業という厳かな青春の区切りをつつがなく迎えることができると感じていた。

浦賀拓実の方にもまた佐々木を避けている節があった。佐々木とすれ違っても目を合わさないばかりか、伏し目がちでどこか淋しそうな顔をしている。それは人気者になり損ねた憂いかもしれないし、クラスメイトの頭頂部および背部を襲ったコングのような打撃を恥じているのかもしれなかったが、いずれにせよすっかり覇気を失った大柄な男子は、最初こそ佐々木の日常に降って湧いた脅威であったが今や恐るるに足らず、あの事件も含めて浦賀拓実にまつわる全ては、青春時代にあるべくしてあるいっ時の濁りでしかなかったのだと思わせた。

佐々木の進学先が決まった。希望した公立校には合格せず、電車で二駅、そこから歩いて十分と比較的通いやすい私立校への合格を果たした。学校偏差値は決して高くないが、かといって寝ぼけたうすら馬鹿が入れるようなところでもなく、佐々木は塾にも通わず挑んだ受験にしてはよくやったと、受験にある程度の満足感を得た。残念なことに、隣のクラスの女子が二人通うらしいことが耳に入った程度で、佐々木の知りうる限りでは同じクラスにこの高校へ進学する生徒はおらず、高校時代の始まりに不安を抱いた佐々木は二学期の浦賀拓実と自分を重ねた。そして自分も二学期に突然現れた浦賀拓実のように、強い信念を持って友達作りに臨《のぞ》もう、結果として大失敗した浦賀のようなヘマはせず、ただその強い気持ちだけは見習おうと心に決めた。そうして改めて、佐々木は浦賀拓実の芯の強さと行動力に一日置いていたことを思い出した。冬の終わり、受験の重みが取り払われた教室は転がるように軽くなり、たくさんの話し声と笑い声が卒業へのカウントダウンのように、教室の至る所で明滅した。

卒業式は少し寒い体育館で滞りなく行われた。その後教室へ移動して、何人かの生徒が涙ぐむ中、薄い髪をいつになくピカピカに光らせた担任教師の別れの挨拶が始まった。クラス中の誰もが担任教師の目に涙が浮かんだことに驚き、泣いていた生徒の涙も止まった。黒板には誰の手によるものか白いチョークで大きく『卒業おめでとう』と書かれていて、その大きな字に押されるように、余った端のスペースにピッコロ大魔王が描かれている。眼光鋭いその顔は緑のチョークが無かったのかピンク色だ。グラウンドにはすでに他のクラスの卒業生達が躍《おど》り出ていて、写真を撮ったり、保護者を交えて何か話したりしているのが見える。このクラスが一番最後まで教室に残っているのかもしれない。いつもなら早く終わってくれと願う担任教師の話もこの日ばかりは名残惜《なごり》しく感じられる。この最後のHRが終わりグラウンドに出てしまったら、本当に中学時代が終わってしまう。佐々木は目がジワリと熱くなり、泣くまいとして大袈裟な瞬きをして周りを見渡していると、最前列に座っている浦賀拓実が目を擦っているのに気が付いたが、泣いているのか目ヤニを取っているのかはわからなかった。

「それでは皆さん、それぞれの進路へ向かって、レッツゴー！」

涙目でそう叫んだ担任教師は、用意していたその最後の言葉が惜別の挨拶の締めだとは気付かれず、教室はしんとして誰一人動かないので慌てて「起立！」と言い、皆がガタガタと椅子を鳴らして立ち上がるや否や「礼！」と発した。

我先にと教室を出て行く者もあれば、何やら担任教師と話している者もいる中、佐々木はあてもなくグラウンドへ出ることにした。不思議と友達の姿が見えず、誰か自分を見つけてくれないかと広いグラウンドで大勢にまぎれてキョロキョロしていると、学生服のボタンを全て失くした男子生徒が得意な顔で胸を張っているのが目に入った。この中学校の男子は詰襟《つめえり》の学生服で、卒業式に女子生徒が意中の男子から学生服のボタンを貰《もら》うという、昔ながらの風習が未だに息づいていて、そのことを知ってはいたが突然目の当たりにした佐々木は思わず顔を背《そむ》けた。背けると真横にいつの間にか、澄まし顔で見慣れない真珠のネックレスをつけた自分の母が立っていて、のけ反るほど驚いた。

「ちょっと友達と写真撮ってくる」

慌ててそう告げると佐々木はそそくさとその場を離れ、少しウロウロしてみたがやはり友達は見つからず、女子の肩に手を回して写真を撮る男子生徒を目撃して顔をそらし、ついにはいたたまれずグラウンドを離れて、校舎横のジメジメした通路に逃げ込んだ。引き返しても同じことの繰り返しが待っているような気がして、そのまま細い通路を歩き進んで曲がり角に差し掛かると、校舎と体育館の間の渡り廊下で柱にもたれる、見慣れた大きな背中を見つけた。今となっては浦賀拓実に対して恨みというほどのものはなく、沈静化してからはその淋しげな佇まいに同情心さえ芽生えたが、かといってこの卒業式という大切な晴れの日においてはなるべく視界に入れたくない、卒業式という思い出の端に混じっていてほしくない人物だった。佐々木は浦賀拓実に近づかないように、足音を小さくしてさっさと通り過ぎることにした。通り過ぎる時にチラと横目に見ると、浦賀拓実は灌木《かんぼく》を隔てた先の佐々木に気付かずに自分の制服のボタンを引きちぎることに集中していて、上から二つ目に取り掛かろうとしていた。目を逸らした佐々木の耳にタッッというボタンがむしり取られる痛々しい音が聞こえた。

足早に浦賀拓実から離れた佐々木は、さてこれからどうしたものかと考え、グラウンドへ戻るのは後にして一旦教室へ戻ることにした。仲の良い友達が一人も見つからないのは、まだ教室に残っているからかもしれない。もう使わないはずだった靴箱にまた靴を入れて、バッグに押し込んでいた校内用のシューズを取り出すと、まるで卒業をとりやめたような気分になった。階段を二階へ上がってしんと静まった廊下を歩き、これは教室に行っても誰もいないかもしれないと思いながら、もうお別れしたはずの教室をのぞくとやはり誰もおらず、ピッコロ大魔王だけが淋しそうに教室を睨《にら》んでいた。佐々木は毎日当たり前にここで繰り返された授業や、その合間の賑わいを早くも懐かしみ、その時代が今日をもって全て終わったのだと知らせる静寂の真ん中に立ち、胸が苦しくなるのを感じた。それはどこか心地の良い苦しみで、この卒業の日を色鮮やかな思い出の一日とするために必要なものだった。少し窓に近づくとたくさんの保護者と生徒、それに幾人かの教師達で卒業のるつぼとなったグラウンドが見下ろせる。校門の方へ流れて行く者達もいて、少し人が減ったようにも見える。音のない教室で一人、皆の卒業を眺める佐々木は、自身の卒業が他の誰のものより尊く美しいように感じて涙が滲《にじ》んできた。ここにもしクラスの女子が一人で戻ってきて、自分に告白でもしようものならまるで出来すぎた漫画だ、そんなことを思いながら窓に近い机の一つにもたれて外を見ていると、廊下を歩くシューズの音が背後に聞こえた。

音は次第に近づいてきて、この教室に入ってくるのがわかった。女子生徒のものだった机の上に腰掛けていた佐々木が慌てて腰を上げて振り向くと、驚いた顔の浦賀拓実と目が合った。佐々木も驚きすぎて、教室に踏み入るのを一瞬躊躇《ためら》っている浦賀拓実から思わず顔を背けた。

さっき浦賀が自分の学生服のボタンを引きちぎっているのを目撃したことに気付かれた

のか。それで目撃者を始末しようと追ってきたのか。そんな恐怖が佐々木の頭によぎったが、浦賀の驚きようを見ると、どうもそうではないようだった。一旦顔を背けた佐々木だが、目が合ってしまった以上また窓の方を向いてグラウンドを眺めようとすると、完全に浦賀に背を向ける形となり、あからさまに浦賀を無視しているような印象になってしまう、と逡巡《しゅんじゅん》して、黒板のピッコロ大魔王に注目することにした。それならば体は浦賀拓実の方を向いたままで、顔は黒板に向いているわけだから、わざとらしく無視しているという印象は与えにくく、黒板の絵に気を取られているのだと言い訳が立つ。「ピンクか……」と聞こえないような声で呟いてじっと黒板を見つめていると、教室に入ろうか少し迷った風だった浦賀拓実がその前を早足で横切って、自分の机の中を覗き込んだ。中からさっと何かを取り出し、ボタンを二つ失った学生服を軽くたくしあげてズボンのポケットにねじ込む。細いケーブルが見えたので佐々木は充電ケーブルか何かだろうと思った。

この時佐々木は浦賀拓実が何か言うのではと少し期待した。お互いを避けながらなんとか平穏無事に卒業を迎えられたが、今こうして最後の教室で二人きりになるというのは何かの縁だろう。あの時はごめん、などと上出来の言葉は期待しないが、じゃあね、とかバイバイ、とか一言あればこちらも同じように返すし、この卒業という晴れの日においてはたったそれだけのことでこの数か月のわだかまりがさっぱりとなくなるだろう。今日に限ってはそんなドラマがあって然《しか》るべきではないかとさえ思えた。

忘れ物を回収した浦賀拓実は佐々木の方を向くことはせず、それとは反対の黒板を見ながら一瞬立ち止まると、すぐに廊下の方へゆっくり歩き出した。結局何の言葉もなくそのまま去っていくのか、そう思って浦賀の背中を見送っていると、教室を出たところで突然その背中がくるりとそっぽを向き、代わりに顔が佐々木の方を向いた。思いがけず再び目が合ったことに驚いてうつむいた佐々木の耳に、浦賀拓実の小さな低い声が届いた。

「アホ」

耳を疑うよりも先に顔を上げてその言葉の出どころを見たが、もうそこに浦賀の姿は無かった。廊下を早足で歩く音が小さくなっていく。にわかに頭の中が痺れるような感覚を覚えた佐々木は、怒りがどんどん湧き立つのを感じながらも何かの間違いではないかという可能性も咄嗟に模索した。聞き間違いではないか。しかし確かにはっきりアホと聞こえた。何か別のことにアホと言ったのではないか。黒板を見ていたし、もしかしたらピッコロ大魔王に言ったのかもしれないが、それも違う気がする。ブラジルに『アホ』という言葉があるのかもしれない。さよならという意味ではないか。しかしこの数か月浦賀がブラジルの言葉を話しているのを聞いたことなど一度もない！

佐々木は廊下に飛び出したが、もうその突き当たりにも浦賀の姿はない。絶対に浦賀拓実を見つけ出さなくてはならない。そして必ず「アホ！」と言い返してやらなければ、この先何十年経とうと中学卒業の思い出となると浦賀拓実に「アホ」と言われたことがまず思い出されるだろう。「アホ！」と言い返すことが出来たとしてもそれは変わらないかもしれないが、少なくともやられっぱなしではない。このまま逃げられて何も言い返せず終わるのはこれ以上なく悔しくてやるせない。生涯その遺恨を胸の内に飼わなければならないと思うとぞっとする。佐々木はついさっき一人きりの教室で、卒業に酔いしれていた自分が憐《あわ》れに思えた。

廊下を走り階段を駆け降りても人の姿は無い。もしかしたら浦賀に届くかもしれないと思い「アホ！」と叫んでみたが、泣き出しそうな大声はしんと静まった一階の廊下をひと撫でして消え去り、そこには何の手応えもなかった。顔を真っ赤にした浦賀が廊下の角から急に現れて向かってくるかもしれないと少し身構えたが足音ひとつ聞こえてこず、浦賀はおそらく外に出ていると察した佐々木は荒々しく靴箱から靴を出すと、脱いだ上履きを乱暴にバッグに詰めて外へ飛び出した。これが靴箱との最後の別れか、ふとそんなことが頭をよぎり、佐々木は余計に腹が立った。絶対に浦賀のアホにアホと言ってやる、浦賀のアホ、浦賀のアホ！　心の中で繰り返し唱えながら、さっき通った通路を走って校庭へ戻った佐々木は、正気を失った狩人のような人ならざる眼光で見える限り校庭の隅々《すみずみ》まで見渡すも、大柄な浦賀拓実の姿がこの広い校庭のどこにも無いことがすぐにわかった。

浦賀のアホ、浦賀のアホ！　佐々木はグラウンドに見切りをつけ、校門へと走った。もう帰ろうとしているのなら校門の方へ向かうはずで、そこで捕捉できないとなると、浦賀拓実の自宅どころか帰る方角さえ知らない佐々木にとって追跡は困難なものになる。何としてでも見つけてやる、浦賀のアホ、浦賀のアホ！　佐々木は校門につながる広場の中央に立ちキョロキョロと見回したが、何人かの卒業生と保護者の中に浦賀の姿は無い。時間との勝負だ。まだ学校の敷地内にいるに違いない。しかしあと数分のうちに見つけられなければ、きっともう浦賀に反撃のアホを浴びせることは叶わないだろう。焦る佐々木は校門の外の道に飛び出して左右に目を凝らしたが、浦賀の姿はそこにも無い。もうダメかもしれない。佐々木は悔しさで息が切れ、卒業が最低な思い出になってしまうことの絶望で目に涙が溜まり始めた。

卒業の日にあるべき涙はこれじゃない。こんな涙は流してなるものか、浦賀のアホ、浦賀のアホ！　呪うように心の内で叫び続けながら再び広場の中央に戻った佐々木の耳に、ガチャチャッと自転車のギアを切り替える音が響いた。直感的に振り返ると、真っ黒い自転車の前カゴに真っ黒いリュックと卒業証書の筒をねじ込んだ浦賀拓実が向かってくる。しかしそれは自分に向かってきているのではなく、自転車置き場から校門への最短の直線を進んでいるのだとすぐにわかった。浦賀の目はまるで佐々木など見えていないと言いたげに、わざとらしく校門だけを見据えている。背中を丸めて全身で力強くペダルを踏み込む姿からは、佐々木に考える間も与えず一瞬のうちにその横を掠《かす》め、校門から外へと飛び出す意思が感じられた。そして校外へ逃したが最後、二度と相見《あいまみ》えることはないだろう。

それは最後のチャンスだった。佐々木は慌てて「浦賀のアホ！」と叫びそうになって、すんでのところで堪《こら》えた。まだ十メートル先にいる浦賀にアホと言ってしまっては、それを聞いて激昂《げっこう》した浦賀が自転車ごと自分に激突してくるかもしれない。最も相応しいタイミングは、浦賀が自分とすれ違い、勝ち逃げを確信した瞬間だ。咄嗟にそう考えた佐々木は心の中で浦賀のアホ浦賀のアホと復唱しながら黒い塊《かたまり》が横を通り抜けるのを待った。その短い時間に何度浦賀のアホと唱えただろうか。今まさに黒い自転車が真横に差し掛かった。

「ウホ！」

少しうわずった大きな声を突然発せられ、驚いた浦賀拓実は自転車を走らせたまま一度振り返ったものの、何も言わずに校門の外へ走り去った。佐々木はできることなら追いかけてもう一度叫び直したかったが、もう走っても追いつくことはできないだろうし、まだ声が届くところに浦賀がいたとして、もう一度「アホ！」と叫んだら、さっきの「アホ」

は失敗だったのだと思われてしまうので、それ以上の追撃は断念した。確かに間違えて「ウホ」と言ってしまったが、浦賀はそのことに気が付かなかったかもしれない。つい先刻の教室で自身が発した「アホ」という暴言をその相手にそっくりそのまま返されるという可能性も感じていたはずだ。それならば「ウホ」と言われても「アホ」と受け取ったに違いない。浦賀拓実は卒業式の日、最後の最後に「アホ」と言われて去っていったのだ。ざまあみろ、こっちの勝ちだ、ど畜生め！　佐々木は自分こそこの戦いの勝者であると何度も自分に言い聞かせて、自分は失敗したのではないか、突然ゴリラの真似をしたと思われたのではないかという疑念を必死に押さえつけた。

浦賀拓実との最後の攻防におけるゴリラ化の疑念は、例年より長い春休みを過ごす佐々木の心に幾度となく首をもたげたが、あの〝ウ〟はアとウの中間のような発音で、どちらかと言えばアに近かったような気がするから、実際にはちゃんと「アホ」と言えていたんだ、とか、おおむねそれに類するような弁解をその都度試み、そんなことを日々繰り返すうちにモヤモヤとした澱みはいつのまにか新たに始まる高校時代への不安や少なからぬ期待へとすり替わっていった。

卒業式を終えて手持ち無沙汰な日々の中、佐々木は加藤、町田、園田の三人と話題の映画を観に行った。高校は違えどもいつまでも友達なのだと喜んだ佐々木だったが、結局友達と遊びに行けたのはそれっきりで、ＳＮＳでの会話は毎日のようにあるもののその頻度は中学時代より少なく、まるで仲間たちがひと足先に高校生になってしまったような錯覚を覚えた。出遅れたくないような気持ちで、幾度となく目にした進学する高校のパンフレットをパラパラと眺めた。そのツヤツヤした表紙では優しそうな男子生徒と女子生徒がそれぞれ二人ずつ、いやらしい程最高の笑顔で三日後に控えた佐々木の入学を祝福していた。

《高校時代編》

私立西菱岸《にしひしぎし》学園は近年偏差値を徐々に上げてきており、今年はついに東大合格者を出したとか、ついぞ出したことはないとか囁かれている、県内でも比較的注目度が上昇している高校だ。正門を両脇から飾るように生えているソメイヨシノの木が印象的で、前夜の強い雨風で桜はほとんど散ってしまっていたが、多くの新入生に踏まれてなお美しい薄桃色を保つ無数の花びらに、佐々木の真新しい真っ白なスニーカーが映《は》えた。

屋外に設置された簡易な受付に並びクラス表と入学式のプログラムを受け取ると、そのまま流れに乗って入学式の会場となる体育館へと移動した。一年四組十四番の席はすぐに見つかった。前も横も知らない顔ばかりでさてどんなクラスだろうとキョロキョロしていると、早くも楽しそうに話をしている生徒が何人も目につき、途端に焦り始めた佐々木は隣に座る男子生徒に話しかけた。

「どこの中学?」

男子生徒はそれに答えると、佐々木に別の質問を返した。

「同じ中学の人いる?」

「ほとんどいない。このクラスにはいないと思う」

佐々木がそう答えると、男子生徒はホッとしたようだった。

「俺も全然。でも三組に俺の友達がいる」

男子生徒が三組の列の方を軽く指さした。佐々木はつられて三組の列の方へ目をやるや否や「あっ」と声を漏らした。三組の最前列、四組に近い端の席に浦賀拓実が座っている。大柄で広い背中、綺麗に刈り上げた後頭部に、なぜか黒ずんでいるうなじ。斜め後方からでもそれが浦賀拓実であることは疑いようがなかった。何故かいる。浦賀拓実がいる。巨大な分銅《ふんどう》を心臓の上に乗せられたように胸の真ん中あたりが重苦しくなった佐々木は、それを悟られまいと努めて平静に言葉をひり出した。

「知ってる奴いた。三組に」

言いながら佐々木はかつての学舎に吹いたブラジルからの熱風が再び自分の顔の周りに

まとわりつくのを感じた。タールのように黒く粘り気のあるその風は顔から首筋を伝い、触れたところの皮膚はピリピリと痺れた。爽やかな青春を約束してくれた凛々《りり》しい新品のブレザーは、佐々木のタール混じりの冷や汗を拭うことになった。

入学式を終え教室へと移動した佐々木は、初めての教室、初対面のクラスメイトや担任教師に浮き足立って、浦賀拓実のことは一旦頭の片隅に追いやった。担任の男性教師は優しそうだし、クラスメイトにも一見して不良と思われるような人物はいない。どうやら良さそうなクラスだと胸を撫で下ろした佐々木は、早く友達を何人か作らねばと勇んで周りを見回すと、隣のクラスの浦賀拓実のことが再び頭をよぎった。あの男に友達はできるだろうか。もしかして高校でも腹減っただの力が出ないだの言い続けるのではないか。それとも中学時代終盤のあの憑き物が落ちたような浦賀拓実なのだろうか。そんなことをぼんやり思った佐々木は、自分が浦賀拓実のことを心配していることに驚いた。それは嬉しい驚きだった。あれほど憎らしく思った男に、結局和解するでもなくそれどころかアホと言い合って別れたにも関わらず、友達ができないのではないかと気を揉んでいる。佐々木は自分の頭抜けた人の良さに感動した。中学時代も結末はともかく浦賀拓実のことを最も気にかけているのは自分だった。なんという底抜けの優しさだろう。この優しさをもって臨めばクラスの皆に好かれ、自ずと友達もできるだろう。彼女だってできたとしても不思議ではない。隣のクラスにブラジルの風が台風のように吹き荒れようが最早自分にとっては無風であり、もちろんこのクラスにとっても何ら影響を及ぼすものではないだろう。浦賀拓実との再会の衝撃を楽観的な展望で上手くいなしてすっかり気持ちが落ち着いた佐々木は、次々と配られる新しい教科書に胸が躍った。

四月も終わりに近づくと新しい環境に慣れた生徒達は生き生きと声を弾ませ、それは自分の属しているグループを宣言し、誇っているようでもあった。佐々木を中心とした小さなグループも出来上がった。入学式で最初に言葉を交わした色白だが歯は黄色い小須田《こすだ》と、他県から通っているという歯の黄色い中島《なかじま》。佐々木はその二人とかたまり、休み時間に話すのも食堂へ行くのも必ずその三人組だった。小須田も中島も比較的大人しいが陰気というわけではなく、くだらない冗談でよく笑った。二人ともゲームが好きで話が合い、佐々木にとっては有り難い存在だったが、運動部に所属する生徒が主体となっているグループに見られるような快活さはなく、はたから見れば全く女子に相手にされない三人組といった様相であることに疑いの余地はなく、佐々木はそのことを次第に気に病み始めた。このままこの三人組で固まっていて、女子との接点が果たして生じるのだろうか？　この一年間が全く女子と接することなく終わる可能性さえある。入学初日には彼女ができるかもしれない予感さえあったのに、なぜそんな風に感じたのか今となっては不思議だった。そもそも彼女とはどういった手順でできるものなのか。待っていたらいずれ女子が話しかけてくるのだろうか。佐々木は訳がわからなくなってきて、小学生時代、サッカーをやっていた短い期間に少しだけ女子にモテていた気配があったことを思い出し、三人でサッカー部に入ろうと提案したが一笑に付されて終わった。

ゴールデンウィークが明け、中間テストに体育祭といよいよ本格的に学園生活が始まろうとしている中、佐々木はどこかまだ新入生気分が抜けず、新しい友達をつくるという入学早々に課された使命を未だ完遂していないような、あと少しやり残しているような気持ちを引きずっていた。ある朝登校すると、廊下で小須田が見知らぬ男子生徒と立ち話をしているのを見つけて、おやと思い近寄ってみると、男子生徒はまるで旧知の仲であるかのように佐々木に話しかけてきた。

「水泳部入らない？」

驚いた佐々木は慌てて「いやあ」とだけ答えた。その生徒は三組の水谷《みずたに》で、小須田と同じ中学出身だという。佐々木は入学式の時に小須田が彼のことを言っていたのを思い出した。

「オレも三組に同じ中学のやついるよ」

佐々木は何か話さねばと思い、話の流れから浦賀拓実を持ち出した。水泳部と聞いてぼんやりと彼の後ろに水着姿の女子生徒をイメージした佐々木は、この水泳部の水谷と友達になれば、彼女だとか付き合うとか付き合わないとか、そういう話がこれまでもこれからも一切出なかろう三人組の一人である自分の評価が変わるような気がした。それは人からどう思われているかというよりも佐々木自身の自分に対する評価で、一男子生徒の沽券《こけん》の問題でもあり、是が非でもこの水谷と友達にならなければと半《なか》ば無意識に願った。

「え、誰?」

訊かれて佐々木は浦賀拓実の名を口にすることに少しの抵抗を感じた。

「ブラジルに住んでた奴っていない?」

人の良さそうな丸い目をした水谷は考えもせず答えた。

「え、知らないけど。いないよ」

やはりあのキャラクターを貫いてはいなかったと佐々木は推定した。

「浦賀って奴いる?」

「え、待ってまだ全員の名前覚えてないかも。誰だろう女子?」

クラスで目立った存在になっていないことがうかがい知れた。

「男。わりと大きい」

「ああ、あの大阪弁の人かな」

「いや全然大阪弁じゃなくて……」

そう答えかけて佐々木はハッとした。もしかしたらその大阪弁の男は浦賀拓実なのではないか。中学時代の反省から、ブラジルが長かったためにものを知らないというキャラクターは封印して、大阪弁を使うという、この地域においては希少性があり好奇心を刺激するキャラクターを新たに作り上げたのではないか。しかしその疑いはことがあの浦賀拓実であるからにはありえない話ではないといった程度のもので、考えてみればあまりに現実的でない。中学時代、浦賀の口から大阪弁が出たことなど一度もなかったし、もし彼の父か母か近い親族が大阪の出身で、浦賀もその繋がりでそれなりに大阪弁を使えるのなら、中学時代にとっくに使っているはずだ。高校まで温存していたなんて考えられないし、だとすると全く縁もゆかりもない大阪の言葉を高校から使い始めるなんて馬鹿げた高校デビューを目論《もくろ》んだということになるが、いくらなんでも蛮勇を通り越して気がどうかしている。そんなわけがない。佐々木は突然湧いた疑念にさっさと蓋《ふた》をして水谷という新たな友達との緊張混じりの会話を楽しんだ。

それまで男女合同で行われていた体育の授業が、五月の中頃から急に男女を別に分けてふたクラス合同となった。男女合同であればサッカーか何かで活躍すれば、それを見た女子が自分に好意的な関心を持つかもしれないと思っていた佐々木は、その可能性が泡と消え落胆した。気乗りしないままグラウンドへ出て強い日差しに目を細めると、三組の水谷の姿が目に映り、この時ようやく佐々木は気が付いた。隣のクラスと合同になることを特に気にも留めていなかったが、三組には浦賀拓実もいるのだ。これまで佐々木は校内で浦賀拓実と顔を合わせたことはなく、幾人かの生徒を隔てたその奥にちらりとその姿を見ることが何度かあるだけだった。浦賀拓実の方もまた同じだろうか。もしかすると、まだこちらに気が付いていないのではないか。そう考えて佐々木の足取りは一層鈍った。

体育教師はまだ姿を見せず、生徒達はグラウンドの端のサッカーゴールの周りに自然と集まり始めた。まるでこれから現れる体育教師にサッカーがしたいと主張するようでもあった。中島と二人何を話すでもなく人に紛れて立っているだけの佐々木は、不安げに目玉を左右に動かして大柄な男を探した。小須田はゴールの裏で三組の水谷と何やら話している。中島を連れて二人の所へ行こうかと思い隣を向くと、中島のすぐ後ろに立つ、中島より頭ひとつ大きな男子生徒が示し合わせたように同じタイミングで佐々木の方を向いた。

どちらがより驚いた顔をしただろうか。不思議と目を逸らすことができず佐々木は目をひん剝《む》いたままギュッと喉を硬くした。浦賀拓実も目を見開いたまま口をぱかっと開けて、何か言うのかと思いきや何も発さず、鼻の穴を飴玉くらいに大きく膨《ふく》らませた。二人が同時に顔を背けたのは何秒後のことだろうか。二秒か三秒か、その僅かの間、二人は高校一年生ではなく中学三年生だった。

浦賀拓実が転校してきてからの苛立ちや苦々しさ、そして卒業の物悲しさまでもが一瞬のうちに佐々木の内側のどこら辺からかぶり返し、いたたまれず小須田の方を指さし「あっち行こ」と中島を促し歩き始めた。浦賀拓実もまた何らかの思いが込み上げたようでその場を離れようとしたが、同じ三組の生徒に話しかけられてその足を止めた。

「浦賀君でかいからキーパーやる?」

今日の体育はサッカーをやることになったのだろうか、歩きながら後ろにその声を聞いた佐々木にはわからなかったが、すぐに誰かの「今日サッカーやるって」という声がした。それに応えて聞き馴染みのあるくぐもったような声が「ほんま?」と言ったように聞こえた。

誰が促すでもなく自然と始まったような三組と四組の試合は、誰がどのポジションという取り決めもなく皆が好き勝手に動くので、試合と呼ぶには随分出来の悪いものだった。体育教師はグラウンドの端で、以前に行われた五十メートル走の計測に参加できなかった生徒を走らせてそのタイムを記録しているので、サッカーのことはほったらかしになっている。審判もいないだらけた試合は立ち話をしている生徒まででいた。サッカー部員だけは張り切って、自分が主役とばかりにドリブルしたりフェイントを大袈裟に入れたりして、それが佐々木の目には滑稽で恰好の悪いものに映った。小須田と中島は真面目にボールを追いかけてはサッカー部員にあしらわれている。佐々木はボールに近づかないと決めて、攻めるでも守るでもない真ん中あたりの端によって友達二人の頑張りを眺めていると、不意に自分の方へ一直線にボールが転がってきた。それは誰かが佐々木に向かって出したパスではなく、偶然に転がってきたに過ぎないものだったが、ずっと右サイドを行ったり来たりして人を集めていたボールが左サイドに突っ立っている佐々木の元に転がってきたことで、佐々木から見て相手ゴールまで遮るものは何も無く、さあ佐々木よ攻めろと言わんばかりの何らかの意思や、避けられない運命のようなものが感じられた。

佐々木はさっさと密集した右サイドに向かって蹴り返してしまいたかったが、それをするにはあまりに自分の前がガラ空きだった。試合に参加している態度を示すためにもとりあえずボールを前方へ蹴り出して、小学生時代の経験を感じさせないぎこちないドリブルを開始した佐々木だったが、どういうわけか三組の生徒はなかなかボールを奪いに来ない。あっという間にキーパーの浦賀拓実が守る相手ゴールまで十メートルほどに迫り、その段になってようやく相手ゴール前にわらわらと相手チームの生徒が集まり始めた。それに混じった何人かの四組の生徒がパスを欲しそうに佐々木を見ていたが、ゴールを前にした佐々木には味方へのパスという選択肢を打ち消す閃《ひらめ》きが生まれた。

このまま自分がシュートを放ちゴールを奪ったら、浦賀拓実は悔しがるのではないか。ゴールキーパーに祭り上げられた浦賀がどれくらい真剣にゴールを守っているのかはわからないが、よりによって中学時代に因縁のある相手に決められたとあってはほぞを噛む思いだろう。中学時代は最後にアホと言い返したことで引き分けか、どちらかと言えば勝ちに終わることができたが、まだ浦賀拓実への怒りはそれがあると思って探せば胸の内のどこかにはいつも燻《くすぶ》っているのだ。

佐々木の心は決まった。相手チームの誰かがシュートを阻止しようと迫り来るのが視界の端に見える。佐々木は慌てて右足のつま先で思いっきりボールを蹴りつけた。つま先はディンッとボールの中心を捉え、その静かな音とは裏腹に思いがけない強く鋭いシュートが浦賀拓実の頭上を襲った。浦賀は咄嗟に手を伸ばすこともできず顔を上げてボールを見送るだけだった。渾身《こんしん》のシュートはゴールのクロスバーに強く当たり下方にはね返ると、浦賀拓実の後頭部に直撃して結局ゴールの中へと転がった。大きな歓声が上がった。笑い声もたくさん混じっていた。

「ナイスシュート」

「佐々木君すげえ」

四組の生徒たちが口々に佐々木のゴールを祝った。まださほど親しくない生徒がハイタッチを求めてきて佐々木は応じた。一躍主役のようになった佐々木の目に一瞬、顔を赤くして鬼のような形相でこちらを睨む浦賀拓実が映った。

三組の水谷はいつも弁当を持参して教室で昼食をとっているが、ゴール裏で小須田から学食がいかに美味いかという熱弁を振るわれ、俄然《がぜん》学食に興味を持った。それで早速の翌日、水谷は母から弁当の代わりの学食代を受け取り、いつも教室で一緒に弁当を食べるグループに断って、食堂へと足を運んだ。佐々木とはすでに友達と言えるくらいに打ち解けていたが、中島とは昨日のゴール裏で初めて顔を合わせたばかりでまだ会話もほとんどなかった。それで遠慮がちに佐々木らと同じテーブルに着席した水谷だったが、あっという間に中島とも打ち解けて、隣のクラスにまた新しい友達ができたことの喜びがその表情から見てとれた。四人揃って同じA定食を食べながら、美味いだの普通だの、やはり美味いだのと口々に言い合った。よほど気に入ったのか水谷は明日も来ると言い出し、佐々木も中島も、もちろん小須田も歓迎した。

「俺も誰か友達連れてくる」

水谷がそう言って、佐々木の頭にまず浦賀拓実が浮かんだが、そんなわけはないとすぐに高を括《くく》った。廊下で話した時水谷は浦賀拓実のことを知らない風だったし、その後何度か水谷と話したが、一度も浦賀拓実のことは話題に上らなかった。佐々木と同じ中学出身の浦賀拓実のことが話題に出ないということは、水谷はその後も浦賀拓実と仲良くなっていないということだろう。それなら明日食堂に水谷が連れてくる友達というのは佐々木にとって新しい友達になりうる人物で、それどころかそれはもしかすると女子生徒かもしれない。誰とでもすぐ親しくなる水谷のことだから、その交友関係に男女は問わないだろう。友達と言いながら女子を連れてくる可能性は大いにある。窓際の席で午後の授業を聞きながら、佐々木の胸は高鳴り始めた。自分は小須田や中島より背が高いし、中学時代少しあった顔のニキビも今は無くなっている。明日食堂に来る女子生徒は自分の彼女になるかもしれない！　ああ、明日のことを思ってこれほど高揚することがあっただろうか。きっとこれが、この気分こそが青春というやつなのだ。青春の正体見つけたり。大きく膨らんだカーテンが青春の申し子佐々木の頬を撫ぜた。

雨が降る中傘もささずお決まりの三人組は食堂へと走った。三限目の終了間際になって家庭科の教師がオススメのカップ麺について話し始めたため授業の終了が少し遅れてしまい、すでに食堂は混雑し始めていたが、水谷が携帯などの荷物を使って六人掛けの席を確保していた。並んだ三席の真ん中に座っている水谷の前にはすでにA定食が置かれていて、その隣に座る浦賀拓実はまた別の定食のようだが二人ともまだ食べ始めてはいないようだった。三人組が揃ってA定食を買い席に向かうと、三組の二人はすでに食べ始めていた。水谷が横の浦賀に「絶対こっちの方がお得だって」と親しげに話しかけている。佐々木は小須田と中島を少し先に歩かせ、それぞれに水谷と浦賀の前に座るように促し、自分は浦賀拓実とは対角となり最も離れている席に座った。雨をはねのけ食堂へ急ぐときのワクワクした気持ちは、さっきまでそんなものがあったことが信じられないほどに綺麗さっぱりなくなっていた。女子生徒が来るなんてことはただの夢想で、実際にはやはり男子生徒が来るだろうと覚悟していた佐々木だったが、それは佐々木の新たな友達となる男子のはずで、浦賀拓実であるはずがなかった。水谷の横に座っているのがいやに座高の高い浦賀拓実であることに気が付いた時から胃が痛くなり食欲もどこかへ行ってしまった佐々木は、それに気付かれまいとして座るや否や黙々と食べ始めた。

「浦賀君いっつも一人で弁当食べてるから昨日誘った」

水谷の言葉から、浦賀拓実は水谷とそれほど親しいわけではないことがうかがえた。そして佐々木が危惧《きぐ》した通り、一緒に弁当を食べるほどの友達がいないこともわかった。

「でも浦賀君面白いよ。大阪弁だし」

もしやと思っていたことが水谷の口からはっきりと知らされて、休みなく動いていた佐々木の箸《はし》はぴたりと止まった。

「サッカーの時マジ面白かった」

口に物を含んだまま小須田が言った。佐々木はますます硬直した。あの試合での顔を真っ赤にした浦賀拓実を思い返すと、中学時代のことが浮かんでくる。あの時はプルーンのようなわけのわからない色だったが、佐々木は浦賀の拳骨《げんこつ》を頭と背中に喰らい教室の中で大恥をかいた。顔を真っ赤にした時の浦賀拓実は決して人に笑われたくないのだ。まして浦賀の後頭部に間接的にシュートをぶつけたのは自分だ。あのサッカーでの出来事は蒸し返すべきではない。佐々木は内心小須田に腹を立てたが、今度は中島がいらぬ追随《ついずい》をした。

「めちゃくちゃ笑った。佐々木のシュートが、あれ、奇跡じゃん」

とうとう自分の名前まで出されて佐々木は恐る恐る、決して目が合わないように浦賀の様子をうかがった。今どんな色に変色しているのか。赤なのか、プルーン色なのか、それともその上をいく何らかの色なのか。しかし予想外に浦賀拓実の色は変わりなかった。二日たったことですっかり溜飲が下がったのだろうか。水谷が「うちの天才キーパー」と軽く浦賀の方に手を回した。

「なんでやねん」

どっと笑いが起こる中、笑っていないのは佐々木だけだった。それを誤魔化《ごまか》したくて佐々木は再び箸を動かし少し迷った末に、ご飯を口にかき込んだ。

「浦賀君マジサッカー部員？」

そんなわけはないのは承知で小須田がふざけた。

「いやサッカー部じゃないのやねん」

一同がおや、と思った。佐々木は誰よりも敏感にその大阪弁の違和感を感じ取り、これはまたおいでなすったのではないかと持ち前の猜疑《さいぎ》心で訝しんだ。もしかしたら中学時代は、ブラジルというインパクトの邪魔になると考えて大阪弁を封印していたのかもしれないとも思ったが、たった今のどこかおかしい大阪弁を聞いて、大して話せもしない大阪弁を高校デビューの切り札に持ち出してきた疑いが強くなった。佐々木には身近に大阪出身の者はおらず、大阪弁と言えばもっぱらテレビや動画から聞こえてくるものばかりで、もしかしたら直接耳にした初めての大阪弁かもしれなかった。それでもこれだけの違和感を抱かせるとなると、もしかしたら浦賀拓実にも大阪出身の親族など一人もおらず、大して話せないどころか全く縁のない大阪弁を使い始めたのかもしれない。考えて佐々木はゾッとした。佐々木の代弁をするように中島が訊いた。

「浦賀君て大阪の人？」

「いや違うねん。お父さんが元々神戸の方の人で、俺も小さい時にちょっとそっちの方に住んでたんやねん」

中学時代のクラスメイトが目の前にいるのに、高校から突然使い出した大阪弁を何故こうも堂々と話せるのか。最早引き下がれないと開き直っているのか。佐々木はその胆力《たんりょく》に圧倒されると同時に、浦賀に対してこれ以上ボロは出さないでくれと願った。何故自分が浦賀拓実の心配をしなければならないのか、これでは中学時代の焼き直しだと感じて腹も立つが、これ以上浦賀の口からおかしな大阪弁が出るのは聞くに耐えないし、それによって一同に気まずいような、しらけたような空気が漂うことも佐々木には耐え難かった。

「神戸って大阪だっけ?」

水谷が聞いた。浦賀が答える前に自分が答えてしまおうと思った佐々木だったが、小須田が口を開いたので思いとどまった。

「神戸は兵庫県だよ。よく受かったな高校」

水谷が笑った。佐々木もホッとして少し笑った。その油断を突くように浦賀拓実が言った。

「兵庫県だけど住んでたのは神戸よりも大阪に近いところなんやで」

おかしなところはない。佐々木はまたホッとした。いつのまにかA定食をほとんど食べ終えた水谷が、まだまだ聞き足りないといった様子で浦賀拓実に質問した。

「お父さんって家で大阪弁話してんの? 何歳まで大阪に住んでたの? あ、神戸か」

そんなに質問を重ねては浦賀がたくさん喋ることになってしまう。焦る佐々木を一瞥《いちべつ》もせず、他の三人に向かって浦賀拓実は上機嫌に答えた。

「お父さんは、まあ普段は違うねん。でも大阪弁で話すこともあるし、だからつられて大阪弁になっちゃうのやねん。でも俺もあっちにいた頃は普通に大阪弁だったし、どれくらい住んでたか忘れたけど、幼稚園とかは大阪の幼稚園なのねん」

なのねんとか言い出した！　佐々木は心の中で叫んだが、こうなっては最早謎の大阪弁を見守るしかない。自分がいくら危惧しようと浦賀拓実は饒舌に喋るし、浦賀の視界に入ってさえいない自分には止めようがない。存外、浦賀の大阪弁に違和感を抱いているのは自分だけかもしれないし、もしかすると神戸に近い方の大阪弁はこうなのかもしれない。だとしたら無理して大阪弁を話しているわけではないのかもしれないし、これが本来の浦賀拓実なのかもしれない。様々なかもしれないが頭の中でぐるぐると渦巻き始めて、佐々木は中学時代と同じように浦賀拓実というキャラクターを、これはこういうものだと諦観《ていかん》する境地に至った。大阪弁のキャラクターになったからだろうか、浦賀は皆に笑われたサッカーでのアクシデントを根に持っておらず面白いエピソードの一つとして受け入れているようで、そのことだけは佐々木にとって有り難かった。

翌日水谷は食堂に来なかった。小須田によれば、学食が続くと食費が嵩《かさ》むため週二回までということになったらしい。佐々木はほっとしたが、次に水谷が学食にやってくる時のことを思うと気が重い。浦賀拓実が教室で水谷のグループに入り弁当を食べることができているのか、それとも引き続き一人で食べているのか、ふと気になったりもしたがそれを心配するような心のゆとりはなかった。

翌週の月曜日、早速学食へやってきた水谷は、当然のような顔をして浦賀拓実を引き連れていた。もしかしたら次に学食に来る水谷は別のクラスメイトを連れてくるかもしれないし、あわよくばそれは女子かもしれないと懲りない期待があった佐々木は大いに落胆し背を丸くした。先週の木曜日と同じ席に全く同じ並びで座った五人だったが、先週とは逆に佐々木達三人が先に席に着いて食べ始めていた。浦賀拓実がA定食をテーブルに置いて座るや否や「腹減ったー」と呟いたので佐々木は驚いた。あのブラジルから来た転校生が帰って来たのかと思わず浦賀の顔を見たが、浦賀は佐々木のことなど気にする素振りも見せず大口を開けて白飯をかき込み始めた。

浦賀拓実がブラジルに住んでいたことはひとまず秘密にしなければならないと佐々木は感じていた。そのことは中学の教師も口にしていたことだから、まさか嘘ということはないだろうが、浦賀自身が高校に入ってこれまでの間、その特大の情報を開示してこなかったとなるとそこには何らかの意図があり、それがうっかり佐々木の口から明かされるようなことがあれば浦賀拓実の恨みを買ってしまう恐れがある。佐々木は話が中学時代のことに及ぶのを警戒しながらカルボナーラをすすった。水谷が「何でみんな部活入んないの」と言い出したのを皮切りに話題は部活動のことになり、安心したのも束《つか》の間《ま》中学時代の部活のことに話が及び、これはまずいと慌てて水を飲んだ佐々木に水谷が訊いた。

「佐々木君て浦賀君と一緒だっけ中学」

朗《ほが》らかで柔和な水谷の顔が佐々木には悪魔に見えた。

「うん、まあ」

そっけなく答えながら話をどう逸らせようか考える佐々木だったが、悪魔は悠長に待ってはくれなかった。

「あ、やっぱ浦賀君のことだったんだ、前に言ってたの。あ、でもブラジルに住んでたって言ってたから違うか……あれ、浦賀君てブラジルに住んでた?」

初めて水谷と話した時、どうして浦賀拓実のことなんて持ち出してしまったのか。佐々木は苦しいほどに悔やんだ。浦賀拓実の方にちらりと目をやると、浦賀は目を逸らすようにうつむいたが、その一瞬前にはニホンザルのような恐ろしい眼光で佐々木のことを睨んでいたように見えた。

「え、ブラジル住んでたの?」

「大阪じゃなくて？」

小須田と中島が面白そうな話に飛びついた。少し困ったような、しかしまんざらでもないような表情で浦賀が答えた。

「うん、まあ行ってたよ。中三の時に日本に戻ってきたんやねん」

昨年の夏の終わりに教室に吹き荒れたブラジルの風が、高校の食堂へと場を移し、一つのテーブルの上につむじ風のように渦巻き始めた。どれくらい住んでいたのか、どんな学校へ行っていたのか、サッカーはやっていたのか、一つ一つ答える浦賀拓実の顔は次第に生き生きと輝きを増した。まるで自分の意思で、ここぞというタイミングに満を持して発表したかのように、我が意を得たりと饒舌に話す浦賀拓実を制止したのは佐々木ではなく水谷だった。

「浦賀君て佐々木君と中学で仲良かったの？」

食べるのも忘れて夢中で話していた浦賀が突然言葉を失い、何も言わずに黙々とA定食を食べ始めたことに佐々木もまた絶句した。質問されている浦賀拓実が黙ってしまったのでは、代わって佐々木が答えるしかない。浦賀の不自然な沈黙が一同を困惑させる前に、触れられたくないその話題にそれ以上興味を持たれないようなちょうど良い塩梅《あんばい》の返答をしなくてはならない。佐々木はまるで浦賀拓実に試されているような気持ち悪さを感じた。

「まあ、三年の二学期から転校してきたから……」

その一言からは浦賀拓実が佐々木とそれほど仲が良かったわけではないことがわかり、ただしそれは佐々木に対してだけでなく他のクラスメイトともそうであった可能性をはらみ、短い期間を考えればそれはしょうがないことだという弁解も含まれていて、咄嗟に出した返答にしては出来過ぎなくらいだと佐々木は自賛した。これには浦賀も納得だろうと横目に様子を見たら、浦賀拓実はうつむき加減に黙々と食べ続けていた。「ふうん」と水谷は何か含んでいるような、二人の様子を訝しむような返事をした。小須田と中島も、二人の関係について何か察したのか興味がないのか、それ以上話題にしようとはしなかった。とはいえブラジルのつむじ風は弱まりはしてもまだ消えるには至らず、その風の尻尾《しっぽ》をつかまえるように中島が言った。

「ブラジルから来たのに大阪弁てすげえな」

佐々木以外の全員が笑った。浦賀拓実まで笑っているのを見て佐々木は腹が立った。

「浦賀君キャラ強すぎるって」

小須田が続いた。また浦賀が機嫌良さそうに笑った。

「しかも転校生っていう」

中島が佐々木の方を向いて言った。さっきまで共に重荷を背負っていた浦賀拓実はちゃっかり荷を全て佐々木に押し付けて笑っている。佐々木は仕返しをしたくなった。それは浦賀の顔が赤くならない程度の、誰の目にもそれが仕返しとは映らない、しかし浦賀拓実にはさりげなくストレスを与えるものが望ましい。中島に発言のバトンを渡された佐々木は少し上擦った声で言った。

「いや中学時代は全然大阪弁じゃなかったけど」

また一同が笑った。佐々木もつられて笑い、今度は浦賀拓実だけが笑っていなかった。

「マジか」

「高校デビューじゃん」

「浦賀君面白い」

思いの外大きな反響に不安になった佐々木が浦賀拓実を見ると、その顔はみるみる赤くなり、上半身は何故か前後に少し揺れ出していて、佐々木はいいしれぬ恐怖を感じた。

「いや、ちゃうねん」

真っ赤な顔で揺れながら呟くように浦賀拓実が絞り出した大阪弁にまた一同が笑ったが、佐々木は笑っていられなかった。早く話題を別のことに移さなければ、浦賀の顔色は赤色を通り越して、終《しま》いには……。中学時代の大きな心の傷をかさぶたの上から引っ掻かれるような痛みを感じた。中学の教室から高校の食堂へと舞台を移して、今再び衆目の中であの理不尽な拳骨を喰らおうものならその恥ずかしさはいかばかりか。あの時は中学時代も終わりに差し掛かっていたが今は高校一年生。それもまだ一学期だ。期待に満ちた高校三年間が台無しになってしまうのではないか。あまりの恥ずかしさや悔しさや情けなさで学校に来られなくなってしまいそうだ。そんな青春があってなるものか。早く別の話題にしなければと焦る佐々木だが、どうしたらいいのかわからず言葉が出てこない。これはそんなに盛り上がることじゃない、と主張しようと無表情で水を飲みカルボナーラの残りを食べ始めたが、いくらフォークを回してもなかなかパスタが絡まない。佐々木は口を皿に近づけてカルボナーラを掻き込んだ。

食欲なんてまるでないことに自分自身で気が付かないほどそれは事務的な作業で、カルボナーラを口に迎えることだけに専念してうつむいていると顔を上げるタイミングがわからなくなってしまった。とにかく目の前の皿のものを食べ切ろうと集中していると、話し声と食器の音が混じった食堂ならではのざわめきの中で、ガガッとイスを引く音がすぐ近くで聞こえた。大柄な男が立ち上がり自分の方へ歩き出した気配がわかる。短く切れたパスタを何本か乗せた佐々木のフォークは上にも下にも行かず止まった。顔を上げることができない。自分の真横まで来た男のズボンのポケットが、携帯か何かでいやに膨らんでいるのがわかる。膨らんだポケットのその男は立ち止まらず、佐々木の横を掠めて通り過ぎていった。その歩みは食器の返却口まで続き、食器を台に乗せるとそのまま何も言わずに食堂を去っていった。自分と一緒に三組の教室に帰ると思っていた水谷は「あれ？」と不思議そうな顔をした。

その日最後の授業は体育で、梅雨入りを前に早くも蟬の声が聞こえてきそうなグラウンドに降り立った佐々木は、何事もなかったかのように落ち着いた浦賀の顔を見た。幾分《いくぶん》胸を撫で下ろしたが、つい先刻の食堂で今まさに爆発せんとした危うさを纏《まと》い静かに食堂を去っていったあの男は、たまたま不発に終わっただけで、その導火線はとうに燃え尽きていて、いつ爆発してもおかしくない状態を維持しているのではないかという恐れは拭い切れなかった。

体育教師が並べたコーンの間を縫ってドリブルをするのが佐々木には楽しかった。小学生時代に少しだけ嗜《たしな》んだサッカーの感覚が戻ってきたような気がして、自分が一番速くドリブルしているのではとさえ思えたが、サッカー部の生徒のドリブルが速い速いと口々に賞賛されているのを見ると、どうやらそんなことはなさそうだった。

ドリブルやパスやシュートといった練習を一通りこなして、最後の十五分は前回と同じようにクラス対抗の試合となった。前回とは違って教師が審判を務めつつ試合を円滑にコントロールするのかと思ったら、体育教師はサイドラインの真ん中あたりで黙って見ているだけで、ボールが出たとかファウルだとかは生徒たちに裁断《さいだん》を委《ゆだ》ねているので、結局前回と同じで皆が好き勝手にボールに群がるだけのごちゃごちゃとした試合になってしまった。

授業時間も終わりに近づくと、体育教師はいつのまにか重ねたコーンを一人で抱えて倉庫に向かい、教師の目がなくなった試合は前回と同じくらいおざなりなものになり始めて、どういうわけかまたもやボールの無いサイドに一人佇んでいた佐々木の元に、さあ行けとばかりにボールが転がってきた。前の試合と違うのは、この時の佐々木には相手ゴールの方向へ向かってドリブルで突き進むという意欲が大いにあるということだった。先ほどの練習で現役サッカー部員に負けないドリブルを披露したと思ったのに誰も驚きの声を上げなかったのは、たまたま誰も見ていなかったからかもしれない。今一度、曲がりなりにもクラス対抗の試合というこの舞台で速いドリブルをお目に掛けたら、周りはどんな反応を示すだろう。転がってきたボールをわざと少し浮かせてトラップした佐々木は、徒競走のスタートのように一気に加速した。

例によってなかなか相手チームの生徒は近づいてこない。誰かボールを奪いに来たらもっと見栄えがするのにと考えながら、あっという間に相手ゴール前まで迫った。ゴール前にはやはり敵味方入り混じって何人もの生徒が群がっているが、その中にボールを蹴り入れて味方にパスを通すほど上手くはないことをわかっている佐々木は、見事なドリブルをシュートで完結させることしか考えなかった。シュートさえしてしまえば、それがゴールに入ろうが枠《わく》を外れようが、自分一人でドリブルからシュートまで持ち込んだという恰好がつく。相手のゴールキーパーがまた浦賀拓実であることに一抹《いちまつ》の不安を覚えるが、まさか前回のようなことにはならないだろう。

シュートに入る前の最後のひと蹴りが思いの外強くなってしまい、まるで緩《ゆる》いシュートのようにゴールに向かって転がるボールを慌てて追いかけると、ゴールキーパーに摑まれる前になんとか脚を伸ばしてつま先でシュートを打つことができた。踵《かかと》が地面を削り土煙をあげた。つま先で強く弾かれたボールは、転がってくるボールをキャッチしようと前進していた浦賀拓実のうつむいた顔面を捉え、一度真下に弾むと再び佐々木の目の前にふわりと浮かんだ。浦賀の顔にシュートしてしまったことに狼狽《うろた》えた佐々木だったが、まずは目の前のボールをどうにかしないといけない。一度トラップして味方にパスするのか、もう一度シュートするのか、シュートするならトラップせずにダイレクトで打つべきか、全ては佐々木に委ねられている。慌てた佐々木には、ちょうど足が届きそうな位置に落下してくるボールしか見えていなかった。思い切り脚を伸ばすと、地面に触れる直前のボールをつま先が捉えた。中心をつつかれたボールは思いがけない速さで、グローブをつけた右手で鼻と口を押さえていた浦賀拓実の顔面を、グローブの上から強く打ちつけた。よろけて尻餅をついたゴールキーパーの頭上にふわりと浮いたボールはそのままゴールの中へ泳いで行った。

歓声が上がったが半分は笑い声だった。このだらけた試合でどちらのチームが何点取ろうが誰にとってもどうでもいいことではあったが、この佐々木のユニークなゴールは誰の目にも刺激的で、笑うなり称えるなり、何らかの反応を示さずにはおけないものだった。

「トウキックやべえ」

「鬼じゃん佐々木くん」

「容赦ねえ」

笑い声の中次々にかけられる声にどう返したらいいのかわからず、ゴールに入って転がるボールを目で追っていた佐々木の前で、尻をついていた大きな体がむくりと立ち上がった。その顔色を見て佐々木はギョッとした。赤いような青いような、茶色いような鉛のような、不可思議な顔色はまるで顔中の毛細血管を怒りで煮沸《しゃふつ》させているようで、人の皮を被《かぶ》ったマグマのように見えた。その顔色の変化は単にボールが直撃した刺激に対しての皮膚の反応で決して感情からくるものではない、そうであってほしいと願う佐々木の希望はすぐに、浦賀拓実の強く握った拳が高く上げられたことで打ち砕かれた。どのように見てもその右拳は佐々木に向かって振り下ろそうとしているもので、それは浦賀の目が佐々木のみを睨みつけ、その歯は歯茎が見えるほど食いしばられていることからも明らかだった。

佐々木と浦賀の間には二〜三メートルほどの距離があり、その拳を振り下ろすには遠すぎる。浦賀は聖火ランナーのように右の拳を掲げたまま、猛然と佐々木に駆け寄った。それと同時に佐々木は身を翻《ひるがえ》して浦賀とは反対の方へ走った。追いかけてはこないのではないかと走りながら振り返ると、怒りの聖火ランナーは今にも手が届きそうなところまで迫っている。佐々木は慌てて加速した。グラウンドの真ん中まで差し掛かると、小須田と中島が呆気に取られたような顔で見ているので、佐々木は別にこんな事はなんてことないよと余裕を見せたくて走りながら少し笑って見せたが、背後に迫る足音は決して追撃をやめない強い意志を響かせ続けている。大勢が自分に注目しているのが今に至っては恥ずかしく、今すぐ走るのをやめたいが浦賀の拳骨を甘んじて受けるのはもっと恥ずかしい。走り続けると水谷が視界に入った。もしかしたら水谷なら何とかしてくれるのではないかと期待したが、水谷も呆気に取られた顔でポカンと口を開けているだけだった。

水谷に期待して一瞬スピードを緩めてしまった佐々木の後ろで拳骨が振り下ろされ、その怒りの塊は佐々木の後頭部を掠めた。髪の毛に僅かに擦れてジュッという音がした。火がつくように感じた佐々木は慌ててまた加速すると同時に、一応は当たったのだからもうこれでいいじゃないかと懇願するような気持ちで走りながら振り向くと、何ら変わらない正気を失った顔の浦賀が再び聖火を掲げている。佐々木はもうどこまでも逃げ続けるしかないと腹を括った。

足は自分の方が速いから、いずれ追うのを諦めて引き返すだろう。それまで逃げ続ければこっちの勝ちだ。考えながら佐々木はいつのまにかグラウンドを飛び出して、校舎と正門の間のアスファルトの上を走っていた。こんなところまで追いかけてくるなんて信じられないが、追いかけてくる以上は逃げるしかない。そろそろ終業のチャイムが鳴るだろう。グラウンドに戻らなくてはいけないのにまだ追って来るので戻れない。体育教師は二人の不在に気付いただろうか。佐々木は校舎を一周するように逃げてそのままグラウンドに戻ろうかとも考えたが、そうすると一体どれほどの注目を集めるのだろうか、追いかけられながら帰ってきた！　と一同に大笑いされるのではないかという恐れからその考えは消えた。大体グラウンドに戻ったからといって浦賀拓実が収まるとは限らない。グラウンドにいる教師や生徒達全員の前で拳骨を喰らうのは最も避けなければならない大恥だ。

思った通り、逃げる佐々木と追う浦賀の差は徐々に開いてきた。佐々木は息を切らして角を曲がると、図書室などがある別棟と本校舎の間の細い道に入った。その道を真っ直ぐに進むとグラウンドに出ることに気が付いて足が鈍り、本校舎と別棟を繋ぐトタン屋根の渡り廊下をまたいだところで立ち止まった。グラウンドに戻らずこの渡り廊下から校舎に入って教室に戻ろうか。体育教師には後で何か言われるかもしれないが、浦賀拓実は気付かずグラウンドに戻るだろうし、そこで標的の不在を知ったとて、その後別のクラスの教室にまで乗り込んではこないのではないか。それにしても浦賀拓実はこの道に来ないな、追いかけるのをやめたのだろうか？　そう思った途端にさっき佐々木が曲がった角から息も絶え絶えに大きな体が躍り出た。顎が上がって苦しそうにしているが、その目は意味のわからない布をひらひらされている闘牛のように未だ怒りの力を宿している。油断した佐々木は考える余裕もなくグラウンドの方へ走り出したが、あまり慌てたので本校舎に沿う側溝《そっこう》の蓋が僅かに浮いているのに気付かず、足を引っ掛けて転倒してしまった。

　咄嗟に両手を地面についたが支えきれず右肘《ひじ》を打ちつけ、おまけに右膝《ひざ》もジャージが破れるかというほど強く打ちつけた。どこが痛いかと言えば手のひらで、アスファルトの通路に転がりながら両手を見ると、擦りむいて血が滲んだところに小さな砂利がいくつもくっついていた。起きあがろうとして指先を支えに四つん這いになった佐々木を、ハアハア息を切らした男が見下ろしている。その気配に気が付いて佐々木は立ち上がることをやめた。自分の斜め後ろからハアハア聞こえる。その息づかいは肉食の獣が観念して横たわる子ヤギによだれを垂らしているかのように聞こえたが、佐々木の後ろでハアハア言う獣はハアハア言うだけで襲いかかってこない。ハアハア言いながら何かを考えているのだろうか。それとも体力の限り走って、限界を迎えて動けないだけなのだろうか。佐々木が右足を前に出し、屈んだままその足で思い切り地面を蹴ってグラウンドに駆け出そうとした矢先、ハアハア言う獣は「ウンッ」と小さく発して屈んだままの佐々木の右肩にパンチを見舞った。驚いて固まる佐々木の横を通り越して、小走りでグラウンドの方へ行く浦賀拓実の足取りは、決着をつけた清々《すがすが》しさを語るように軽快に見えた。

何だこんなものかとホッとした佐々木は中学時代のことを思い出した。友達の家に遊びに行った折、その友達の小学三年生になる弟が力一杯佐々木の背中にパンチしたことがあったが、その時の方がよほど痛かった。浦賀はあまりに走り疲れて、目一杯叩いたつもりがあんなに弱いパンチになってしまったのだろうか。それとも憐れに大転倒して両手に怪我までした自分を見て、手加減する気持ちになったのだろうか。いずれにせよもう追われる心配はないと安心した佐々木が何食わぬ顔をしてグラウンドに戻ると、ちょうど試合が終わり教師の前に全員が集合していた。

遅れてきた浦賀と佐々木に対して体育教師は何も言わなかった。トイレに行っていたとでも思ったのだろうが、何があったのかを知る生徒達は小声で口々に何か言っている。その全てが自分に向けられていると感じた佐々木は浦賀よろしく顔が真っ赤になるほど恥ずかしかった。ちょうど終業のチャイムと同時に解散になり、小須田と中島が「大丈夫？」と声をかけてきて、佐々木は「うん全然」と澄ました顔で答えた。佐々木が肘を少し擦りむいているのを見つけた小須田が何か言いたげにじっと肘を見つめている。

「あ、さっきめっちゃ転んだ」

慌てて説明した佐々木だったが、浦賀拓実にやられたのを転んだと言って誤魔化しているように思われたかもしれないと不安になった。とは言えこの上何を付け足してもやはり嘘を言って誤魔化していると思われそうなので、佐々木は何も言わず、手のひらの怪我は見られまいと軽く両手を握りながら教室へ戻った。

浦賀拓実はそれ以来、学食に来なくなった。以降もひょっこり現れては佐々木達と学食を食べる水谷によると、浦賀は弁当を持参することが少なくなり、最近は購買部でパンなどを買っているらしい。それを教室で食べる事はせず、どこで食べているのかはわからないが購買部で買っているのは何度も見かけているから買っているのは間違いなく、どこかでは食べているのだろうということだった。

浦賀拓実が来なくなった学食に喜んでいた佐々木だったが、反面心残りのような後味の悪さを感じていた。それはあの体育の時間に勃発《ぼっぱつ》した戦いが佐々木の転倒というアクシデントで、佐々木が言うところの引き分けに終わったからではなかった。もしあの事件の翌日か、あるいは数日後にでも水谷がまた浦賀を連れて食堂へ来ていたら、もちろん話題の一つとしてあの体育での事件が上がっただろう。その時浦賀は照れるのか、何か言い訳をするのかわからないが、佐々木はその事で一言二言、浦賀と会話ができるような気がしていた。「ちょっと追いかけただけやねん」「肩にパンチされたんですけど」「いや、あんなの全然本気じゃないのねん」そんな会話がもしかしたらあったのかもしれない。それは佐々木の内にずっとある忌々《いまいま》しい何かを削《そ》ぎ落とすために必要なものに違いなかった。肩に軽くパンチして去っていった浦賀の背中を思い返すと、それが佐々木の単なる妄想でなく、当然生まれるはずだった会話のように思われた。佐々木は頭の中で何度となくそういった会話を想像したが、ついぞ浦賀拓実は食堂へ顔を出す事はなかった。

小須田と中島、そして佐々木の三人で固まってそれなりに呑気に、時に気だるく何事もない毎日を過ごしていると、あっという間に三学期になってしまった。夏休みと二学期はどこへ行ってしまったんだと言うほどに早く感じた佐々木は、振り返ってみると何ら刺激も予定もないただ宿題があるだけの夏休みと、授業とテストと休み時間があるだけの二学期は確かにあった。二学期には学園祭もあったが、佐々木達三人はお化け屋敷の製作に使う道具の買い出しという刺激のない役を買って出たために大した思い出にはなっていなかった。

　これはまずいと佐々木は焦り始めた。教室にいると、誰が誰と付き合ったとか別れたとかいう話が嫌でも耳に入ってくるが、自分たちの名がその中に入っていたことが一度もない。それは当たり前で、佐々木達三人はまだ誰とも付き合っていないし、誰が好きなんて話さえ出てこない。そういった話がまるでタブーになっているかのように恋愛話が始まらない。それは先日のバレンタインデーに至ってもそうなのだから驚く他ない。そんな三人組がいるだろうか。いるはずがない。ここを除いては。自虐的にそんなことを思いながら佐々木は新学年に思いを馳せた。クラスが変わって小須田や中島と離れてしまったら、それは淋しいし不安なことだが、自分にとっては必要な別れなのだろう。それを甘んじて受け入れ、飛躍しなくてはならない。二年生はまさに青春のど真ん中で、これを一年生と同じにしてはいけない。勝負の二年生なのだ。そんな佐々木の悲壮な決意を知ってか知らずか小須田と中島が「二年生ではばらけるかな」とクラス替えに不安を覗かせている。

「ばらけるんじゃない?」

　少し冷たく言い放つと、佐々木はリュックに教科書とノートを詰め込み、なるべくおしゃれにマフラーを巻いた。

佐々木は学校帰りに市の図書室に寄ってテスト勉強をしている。小須田と中島は誘っても来ないので一人きりできっかり一時間勉強して帰るのだが、これは佐々木自身が、一年生は青春の序章として勉強に集中する一年にすると決めたことによるものだった。そう決めたのは三学期に入ってからのことなので、学校帰りに期末テストの勉強をして帰るのもまだ始めて数日しか経っていないが、今からでも勉強に集中すれば、後に振り返って、あぁ、一年生の時は勉強に集中していたな、と思うことができるという算段だった。そうして雌伏《しふく》の時を過ごし、二年生になった暁には大いに羽を伸ばして青春を謳歌《おうか》するのだ。

天気予報では大寒波到来と騒いでいたが、図書室で自主的に勉強した満足感で佐々木の胸は暖かかった。年季の入った建売住宅に帰宅するといつものようにお風呂が沸いていて、冷えた体をゆっくり温めているうちに晩ごはんが出来上がっている。テーブルに用意されたオムライスを見るとケチャップで〝ささき〟と書かれている。佐々木は先週、夕飯のオムライスにいつもと同じに〝ひろみち〟と書かれているのが何となく気になって「もう高校生なんだから名前書かなくていいよ」と注文をつけたことを思い出した。キッチンから佐々木の様子をうかがっていた母と目が合ったのでわざと不満げに「ちょっと」と言うと、言葉は返ってこない代わりにペロッと舌を出された。それを見て佐々木はふと、二年生で彼女ができて家に連れてきたりしたら、この母親に会わせることになるのかな、と要らぬ心配をした。

　本校舎の玄関前に移動式の掲示板が立ち、クラス表が張り出されている。佐々木の出席番号は大抵十番前後なので、一組から順にそのあたりの番号を見ていくと、最後の五組の八番に自分の名前を見つけた。小須田と中島の名前は無いようだ。一緒のクラスになりたいと思った水谷の名前も無い。不安になって頭から順に名前を確認していくと、出席番号三番に浦賀拓実とあった。あまりに意表を突かれて佐々木は呼吸が止まった。

　浦賀拓実と同じクラスになる可能性もあることが何故頭から消えていたのか不思議だった。三人組がまた固まったら良くないとか、水谷がいて欲しいとか、彼女ができるかもしれないとか、そんなことばかり考えて浦賀拓実のことはほとんど考えなかった。佐々木が青春時代の本番と捉えるこの高校二年目に、浦賀拓実と同じクラスになるというのはあまりに出来すぎた不都合で現実味がなかったので、それが起こりうることだとは佐々木には考えられなかった。

　いいよ、別にどうってことない。佐々木は半ばやけくそに諦観した。どうせ会話なんてないんだし、目が合ってもすぐにどちらからともなく逸らすだけだ。そんなだから、一年の時にちょっとしたトラブルこそあったが、これ以上は何も起こりようがない。お互いに距離を保って干渉することなく、各々の青春の機微に没頭し、己の感受性を以ってその青春を瑞々《みずみず》しく豊かなものにしていくのだ。それに専念することが青春そのものであり正義なのだ。佐々木はよくわからない正義に目覚めた。

今までよりも一つ多く階段を上って新しい教室に入ると、もう五人くらいの生徒がいて、そのうちの一人が浦賀拓実だった。窓際の前から三番目に大人しく座っていて、爽やかな春風に揺れるカーテンが今にも触れそうだ。それが浦賀拓実に似合っていないと佐々木は思った。黒板に席の並びと出席番号が記されていて、それを見ながら八番の席に座ると浦賀拓実の隣だった。すでに教室にいる何人かの新しいクラスメイト達は皆女子生徒で、後ろの方に固まって嬉しそうに何か話している。浦賀と佐々木だけが二人きりで並んで座っている様は、まるでこの先一年間の教室における二人を暗示しているようで、佐々木には恐ろしかった。それは否が応でも中学時代の、二人きりで孤島の住人となった忌《い》まわしい二学期を思い起こさせるが、今や浦賀拓実に「よろしく」などと挨拶する気もなく、早く教室に次々と生徒がやってきてくれと願いながら黙って座っているほかなかった。

次第に教室は生徒で溢れかえり、中には佐々木と再び同じクラスになった者もちらほら目につく。佐々木の前の席に座った熊田《くまだ》もその一人で、席に着くや否や座ったまま後ろを向いて「オッス」と佐々木に挨拶した。佐々木は取り急ぎの微笑を浮かべて「よろしく」

と返したが熊田は佐々木の隣の浦賀拓実が目に入り、驚いた顔で「おお……」と呟いたかと思うとまた佐々木の顔を見た。あの体育での事件はもう随分と前のことだがそれをまだ覚えているようで、因縁の二人が並んで座っていることに驚き、また面白がってもいるのは明らかだった。

　熊田はくるりと体を回して前を向いてしまった。そうして誰と話すでもなく座っているので、それならもう少し後ろを向いていてくれたらいいのにと佐々木は思った。浦賀拓実のことなんてもう何とも思っていないし関係ないんだという態度をそれとなく熊田に、ついでに浦賀にも示したかったが、前を向かれてしまってはそれももう叶わない。

　教室に生徒が揃い、始業のチャイムを待たずに担任教師が現れた。早めに来て何を話すのかと思ったら通り一遍《いっぺん》なつまらない挨拶で、それを済ますと黒板の前に置かれた段ボール箱から新しい教科書を取り出して配り始めた。席替えはもう少し落ち着いた頃にするという。さっさと席替えに臨みたかった佐々木は〝またか〟と怒りを覚えた。中学時代、何の因果か妙な転校生と隣になり、教室の真ん中で自分だけが殴られて大恥をかき、なぜか高校まで同じで、クラスこそ違ったがやはりトラブルになり、二年では再び同じクラスになりしかも隣の席という巡り合わせは、いよいよ単なる偶然の積み重ねとは思えない。そこには偶然を装い隙あらば自分を苦しめようとする何らかの悪意があり、それはいつも虎《こ》視眈々《したんたん》と機会をうかがっていて、席替えが暫く行われないというこの不幸もその一環なのだと佐々木は確信した。

今更席替えが遅れるくらいのことで驚かないぞ、全くくだらない。佐々木は強い気持ちで反発した。そっちがその気ならこっちにも考えがある。どんな攻撃をしてこようがそんなものは意に介さないし、むしろ楽しんでやろう。この一年のうちに浦賀拓実が教室でどう立ち回ろうが見得を切ろうが気にしない。それに巻き込まれることもせず、一歩離れた所から眺めてせいぜい面白がってやる。席替えがすぐに行われないことをきっかけに突然堪忍袋《かんにんぶくろ》の緒が切れた佐々木は憤慨しながら決意して、新しい教科書をパラパラとめくった。どこを開いても難解そうな数学の教科書に見入っていると、横の浦賀拓実がデイックショと大きなくしゃみをして佐々木は背中がぞっとするほど驚かされた。

一週間も待たず席替えが行われて浦賀拓実と遠く離れた佐々木は、不遇に勝利したと喜んだ。席替えが行われるまでの数日、結局佐々木は一度も浦賀と言葉を交わすことはなく、かといってあからさまに無視をするでもけんか制の態度をとるでもなく、親交のないただのクラスメイトとして席を隣にしていたのだった。何かの授業で隣同士ペアを組まされるといった最悪の想定もしていたが、それも杞憂《きゆう》に終わった。その可能性を事前に察知して身構えていたことが防波堤となりその災難を予防できたのではないかと佐々木は感じた。

廊下側の後方の席に座り、さあここからだと気持ちを新たにした佐々木に隣の女子生徒が話しかけてきた。

「佐々木君て四組だったよね」

顔には見覚えがあるようにも思うが名前までは知らない女子だった。聞けばその女子生徒は元三組で、あの体育での事件について聞き及んでいるという。醜聞《しゅうぶん》により女子達の間にも自分の名が知れてしまっているのかとがっかりした佐々木だったが、女子生徒があの中学時代の殴打事件の事まで口にしたので不思議に思い訊いてみると、彼女は佐々木と同じ中学校の出身ということがわかった。中学時代からクラスは違えど何度か目にしていたはずの顔に、全く気が付かなかったことを取り繕《つくろ》わず素直に驚くと女生徒は笑った。

屈託のない笑顔から、ほのかに甘いにおいが香った気がした。その優しげな丸い顔は親しみやすく、会話のテンポも心地よい。女子生徒と緊張せずに自然と会話ができていることに佐々木は驚いた。そしてこの女子と自分は付き合うことになるのではないかという予感を抱いた。それは確信に近いものだった。もしかしたら将来は結婚ということになるのかもしれない。そこまでの確信はさすがに持てないが、未来が明るく照らされているのは感じる。待ちに待った青春が、それも特大の青春が大きな足音を立ててついにやってきたのだ。

佐々木は毎朝の通学が楽しくなった。電車の揺れは青春のリズムとなり、強い日差しは青春の眩《まぶ》しさそのもので、校舎に吸い込まれていくたくさんの生徒達は青春の同胞となった。沼郡唯《ぬまごおりゆい》は大抵佐々木より先に登校していて、佐々木が席に着くと友達と話している最中でも「おはよう」と挨拶をしてくれる。佐々木はもう嬉しくなって「おはよう」と半笑いで返し、今日も見事に女子とコミュニケーションをとったと満足して授業に臨むのだ。友達が多い沼郡唯が朝の挨拶以外で佐々木と話をすることは多くはなかったが、それでも同じ中学の出身ということで、自分は彼女の他の友達とは一線を画《かく》す存在だと自認する佐々木の幸福な展望は揺るがなかった。

悠長にしていた佐々木だったが、さてここからどう付き合うという流れになるのかと次第にやきもきし始めて、暫く待ったが一向に彼女の方から告白してくるということはなく、これはどうやらこちらから積極的に距離を詰めなくては何も進展がないのではと思い始めた矢先に夏休みを迎えてしまった。

一学期を振り返り、佐々木は自身の青春に及第点をつけた。付き合うには至らなかったが女子生徒と仲良くなり毎日会話をした。調子が良ければ休み時間の間ずっと話していることもあったし、クラスには他にも休み時間に会話できる男子の友達が何人かできた。彼らとは誰が誰を好きだとか付き合っているといった話をすることもある。思い描いた青春時代の只中《ただなか》にいると感じる佐々木にとって、昼食は一年時から引き続き小須田、中島の二人と食堂のテーブルを囲んでいることも、青春という大舞台の幕間に適した丁度良い息抜きだった。

浦賀拓実はと言えば、体の大きさから目立ちはするものの、その言動によって注目を集めるということは全くなかった。ブラジルとか腹が減ったとか大阪弁だとかいったキャラクターをことさら押し出すこともせず、時々クラスメイトとの会話の中で「ほんま?」とか「ええで」といった簡単な大阪弁を口にして、それを小耳に挟《はさ》んだ佐々木に〝お、やってるな〟と思わせる程度で、今年度はおとなしい控えめなキャラクターを新調したのかと邪推させるほど落ち着いていたので、佐々木は一学期、浦賀拓実のことを全く考えない日が何日あったかわからないほどだった。もしかしたらこれが本当の浦賀拓実なのではないか、佐々木はある日ふとそう思った。

記録的に暑い夏だった。クーラーの効いた佐々木の部屋に、涼を求めてかどこからともなく羽蟻《はあり》のような大きな虫が入ってきて、恐る恐るティッシュでつまんで外へ捨てようと窓を開けると熱気のかたまりが部屋に押し入ってきた。佐々木は慌てて窓を閉めると、再びゲームのコントローラーを握った。時折携帯電話が音を鳴らして佐々木はゲームの世界から連れ戻され、友達の誰かだろうかと確認し、なんだ違ったかとまたゲームの世界に戻る。そんな毎日が続いて、佐々木は一学期の輝いた自分が嘘のように思えてきた。食堂で小須田や中島と、夏休みにどこかへ行こうかと計画が持ち上がったこともあったが、それもうやむやになったままで二人から何の連絡もない。沼郡唯とは繋がっていないのでもちろん連絡が来るはずもないが、あの二人からは何かあってもいいんじゃないか、そう思う佐々木だったがこの暑さではどこかへ行こうと誘われても気乗りしないし、こちらから誘う気にもならない。そんな酷《ひど》く輝きのない夏休みは毎日きっかり一日分ずつ減っていき、気が付くと宿題も終わらないうちに八月の終わりを迎えてしまった。何かアルバイトでもすれば青春の体面は保てたのではないかと考えたが後の祭りだった。

二学期には期するものがあった。確かに一学期は充実していたが、それの焼き直しでは進歩がない。それにいい加減彼女を作らないと、そろそろ他の男子生徒に馬鹿にされるかもしれない。いよいよ沼郡唯と付き合う段となったのだと佐々木は意気込んだ。

日焼けして、一夏で大きく成長しましたと言わんばかりの笑顔で二学期の教室に入ってきた何人かの生徒を見て少し気後れした佐々木だったが、自分だって夏休みを経て一皮剝けているはずだ、夏休みのどこで剝けたのかはわからないが、とにかくそれなりには剝けたはずだと自分を激励した。珍しく佐々木より後に教室に来た沼郡唯は運動部でもないのに少し日に焼け、髪を短くしていて佐々木を驚かせた。佐々木の横で沼郡唯を女子生徒三人が囲んで、楽しそうに夏休みを振り返っている。こういった時の佐々木の聴力は尋常ではないので、沼郡唯が夏休みに海へ行ったり遊園地へ行ったりと楽しく過ごしたことがすぐにわかった。どうやら遊園地へはこの四人のグループで、そして海へは彼氏と行ったらしい。佐々木は最初耳を疑った。夢中で耳をそばだてるあまり、いよいよ耳がバカになったに違いないと思ったが、何度も彼氏という気持ちの悪い言葉が耳に入ってくるので聞き間違いではないことは明らかだった。それでも信じたくない佐々木は、その彼氏というのは沼郡唯の想像上の人物で、実際には一人で海に行ったのではないかという僅かな可能性にすがったが、沼郡が携帯で海に行った写真を友達に見せて盛り上がっているので、我が青春も最早これまでと観念する他なかった。

始業のチャイムを久しぶりに聞いた生徒達はやれやれといった顔で席に着き始めた。沼郡唯の周りにいた女子生徒達も自分の席へ、あるいは自分の教室へと戻っていって、佐々木と沼郡の間には隔てるものが無くなった。それは佐々木にとってもう何の有り難みもない現象で、今となっては二人の間にパーテーションでもあればいいのにとさえ思ったが、その不貞腐《ふてくさ》れた佐々木の心を知る由《よし》もない沼郡唯は、充実した夏を経た学生独特の輝きを発しながら「夏休みどうしてた?」と佐々木に話しかけた。

「え、普通に、遊んでた」

話しかけられた喜びを咄嗟に押し潰して、ぶっきらぼうに答えた。答えた弾みで、裏切られたような悔しさから無遠慮な質問が自然と口をついて出た。

「いつから付き合ってんの、彼氏って」

佐々木からそうした質問が出たことに沼郡唯は驚いた。

「え、中学の時だよ」

佐々木は酷く落胆した。もしかしたら付き合い始めたのはこの夏のことで、海へ一度行ったとはいえまだ手も繋いでいないかもしれないという淡い期待は即座に打ち砕かれた。甘酸っぱい恋心で満たされていた一学期の佐々木のニヤついた顔も、ついでに打ち砕かれたような気がした。

「あ、でも中学の卒業式の日に告白されて、ちゃんと付き合ったのは高校入ってからだけど……」

同じ中学の男子生徒であれば佐々木も知っている人物かもしれないが、もう佐々木にはどうでもいいことだった。佐々木の青春王国は崩壊してしまった。毎朝のウキウキとした登校も、朝の挨拶も、休み時間の語らいも、全て青春のふりをした紛《まが》い物《もの》の何かだった。残されたのは夏休みにゲームばかりしていた彼女のいない男、佐々木だ。夏休みが明けるまでは素晴らしい可能性に満ちていたのだ。近い将来、おそらくは二学期のうちに佐々木の隣には初めての彼女がいるはずだった。佐々木は膝が震え出した。一体自分は誰と付き合うというのか。誰と付き合えるというのか。誰を親に紹介するつもりだったのか。一人ぼっちだ。最初から一人ぼっちだったのだ。一生彼女なんてできないかもしれないのに、できると確信して踊っていたのだ。こんなクソピエロと誰が付き合ってくれるというのか。最初から何の望みもなかったのだ。たまたま隣の席になっただけの、自分には関係のない女子だったのだ。馬鹿馬鹿しい。バカ。もう皆《み》んなバカ。皆んなアホ。佐々木はおしっこが漏れそうになってきた。

いつのまにか教室に担任教師が来ていた。何か話をしているが佐々木の耳には入ってこない。失禁しそうな狼狽《ろうばい》を何とか乗り越えた佐々木は、ぼんやりと教師の顔を見ながら中学の卒業式の日を思い返していた。式が終わり、保護者も交えて賑わっていたあのグラウンドで告白が行われたとは思えない。一旦そこを離れて人気のない隅か、誰もいなくなった教室に戻るかしたのではないか。だとするとそのタイミングは、佐々木が教室に戻った時間と一致する。浦賀拓実に「アホ」と言われたあの瞬間に、別の教室では告白が行われていたというのか。それとも浦賀にアホと言い返すために走り回っていたあの時に、校庭の隅で告白が行われていたのか。それとも自転車で走り去る浦賀に「ウホ!」と言ってしまったあの瞬間に……。そんなことを考えても意味はないし、それどころか他人の青春の輝きと自分の無様な青春を並べてその惨めさが際立つだけだとわかっていたが、佐々木は考えるのをやめることができなかった。当たり前だが、自分が得体の知れない転校生との因縁を持て余している最中にも、赤の他人はそれぞれの青春を謳歌しているのだ。もしブラジルの風に乗って浦賀拓実がやってこなければ、自分にもまた違った青春があったのではないか。卒業式に誰かから告白されるとか……。佐々木は浦賀拓実という人物が自分に巡ってきた疫病神《やくびょうがみ》のようなものなのではないかと思い始めた。

席替えによって席が離れたことで沼郡唯との会話がほとんどなくなった佐々木は、また浦賀拓実のことを気にするようになった。気にしないでおこうと思っていたはずだったが、以前の浦賀を知る佐々木にとって今の浦賀はあまりに大人しく、観察するにも張り合いのない人物で、そのギャップがかえって空恐ろしくもあり、いつまた落雷のように突然自分の厄災となるかわからないという警戒を抱かせた。現に席替えによって佐々木の目の前にその大きな背中が聳《そび》え立っている。気にするなという方が無理な話だった。

浦賀拓実は大学進学を目指しているのかわからないがそれなりに勉強しているようで、授業中あてられても困ることなく何でも正解を答えた。綺麗にノートもとっているようだし、どの授業でもよそ見もせず聞き入っている。ただ時折プシュ――――と長い鼻息らしきものが聞こえたり、喋ってもいないのにクチャクチャッと口が鳴ったりして、その都度真後ろの佐々木は顔を上げて浦賀の後頭部を見つめるのだが、浦賀を観察することによって得られるものはその程度で、その他には何の発見も成果もなかった。学園祭に修学旅行にと大きなイベントを何のトラブルもなく佐々木なりに楽しみ、すっかり警戒も緩みきった二学期の終わり頃、最前列の生徒から後ろにプリントが回された時に、浦賀拓実が振り向きながら後ろの佐々木にプリントを手渡し「ん」と小さく言ったことがあった。佐々木はその時、浦賀拓実は自分にとっても、誰にとっても、本当にただの一生徒になったのだなと感じた。

三年生になった佐々木は塾に通い始めた。二年次を青春の本番と決めていた佐々木にとって、このことは取りも直さず青春の終わりを意味していた。三年になって彼女ができるかもしれないという希望もないわけではなかったが、いくら待っても誰も告白してこないことはこの二年間で学習していたし、こちらから誰かに告白しようにも誰に告白していいやらわからず、もし告白してもどうせその女子には彼氏がいるのだろうと八方塞《ふさ》がりのような考えが先に立ち、こと恋愛に関してはすっかり視界が曇っていた。そんな気持ちから佐々木はこの三年次こそ真に勉強に集中する一年なのだと決めた。その頑張りは大学進学に直結するものだし、大学では流石に彼女もできるだろう。充実した大学時代はその先の社会人となった自分にも繋がっていくのだ。つまりこの一年の勉強こそが高校時代の本番なのだと自分を納得させていた。またそうした頑張りこそ意図せず人間としての輝きを放ち、それは女子の目にとまるかもしれないと考え、モラトリアムの終わりの憂鬱を受験生としての活力へと切り替えた。

三年生では浦賀拓実と別のクラスになった。佐々木はそのことに特段喜びもせず驚きもしなかった。浦賀は高校に入ってからも背が伸び続けているようで遠くからでもすぐ目にとまるが、三年になってからは友達らしき人物と一緒に歩いているのをよく見かける。学食で友達と一緒に食べている姿も何度も見た。佐々木はほっとしたような、物憂《ものう》いような、自分でも説明できない気持ちになって、それはもしかしたら高校時代の終わりの淋しさに繋がっているのかもしれないと思った。高校を卒業したら、きっともう浦賀拓実と会うことはないだろう。それは小須田や中島、三年になって同じクラスになった水谷にも言えることだった。現に中学時代の友達とはもう連絡を取り合わないし、会うこともない。今度こそ卒業後もずっと友達でいたいと思うが、佐々木は東京の大学へ行くつもりだし、東京へ出たその先の人生に小須田達の姿が見える気がしない。せいぜいＳＮＳで声を掛け合うくらいだろう。それもいつまで続くかわからない。仲の良い友達でさえそうなのだから、浦賀拓実に至ってはもう全く今生の別れとなるのだ。そう考えると、あれほど忌々しく思った浦賀拓実との因縁が、実は青春時代の小窓から見る賑やかな外の景色の中の一部だったのだと段々わかってきた。ある日食堂で浦賀拓実のすぐそばに座ってしまった佐々木は、小須田らと会話しながらも浦賀拓実が友達と話している声に聞き耳を立てていると、全く大阪弁を使わなくなっていることに気が付いた。浦賀拓実が進学するのか就職するのかわからないが、人生の先へと進んで行くのだなと佐々木は感じた。彼はもう転校生でもブラジル帰りでも大阪弁でもない、ただ浦賀拓実なのだ。またある日の体育では一組対二組のサッカーが行われ、佐々木のつま先から放たれたシュートがボールを奪おうと立ちはだかったゴールキーパーではない浦賀拓実の股間に直撃することがあった。自分の足元に転がり戻ってきたボールをもう一度つま先で蹴ると、股間を押さえて前屈みになった浦賀の顔面に直撃した。かつての事件が頭をよぎりゾッとした佐々木だったが、浦賀拓実は一瞬本気のマントヒヒのような鋭い目で佐々木を睨んだだけで、すぐにクラスメイトの方に向き直り、思わぬアクシデントを笑い合っていた。横で見ていた水谷が「またあれになるかと思った」と呟いた。ボールをぶつけてしまったことで、自分と浦賀を結びつける運命のような何かがまだなくなっていないと感じた佐々木だったが、その馬鹿馬鹿しい運命が用意したふざけた土俵に立ち続けているのはもう自分だけで、目の前にはただ浦賀拓実が脱ぎ捨てた廻《まわ》しだけが落ちているようにも思えた。「ごめん」と一言出ればよかったと佐々木は教室で着替えながら振り返った。

佐々木の希望する東京大納言《だいなごん》大学は佐々木の学力でも無理なく狙える大学の一つで、広いキャンパスと新しい設備に魅力がある。それに加えて幅広く色々なことが学べるという謳《うた》い文句は、将来の進む道がまだはっきりとしない佐々木を惹《ひ》きつけた。

「すげえな東大生じゃん」

見事合格を果たした佐々木に、東京大納言大学の学生は全員言われたことがある冗談を、今自分が初めて思いついたといった顔で水谷が言った。「うるせえっ」と佐々木が返すと「この高校から東大生が出るとはな」と畳み掛けられた。この冗談を家で母にも言われていた佐々木は、この先何度東大生だとからかわれるのかと早くも辟易《へきえき》したが、その日の食堂でも小須田と中島に東大生と言われ思わず笑ってしまった。

小須田と中島は地方の大学へ、水谷は声優を目指して専門学校へ行くらしい。それぞれの進路が決まり、くだらない冗談も羽が生えたように軽やかだった。こんな日々はあと何日続くのか、考えないようにしていた佐々木だったが、卒業の日が近づくとついつい数えてしまう。卒業した後も会おうとか、友達でいようとか、そんなことは誰の口からも出てこない。口に出してしまったら、気が付かないふりをしてやり過ごせたかもしれない別れと旅立ちの苦しみが、差し迫った現実として詳《つまび》らかになってしまうような気がする。他の皆んなも同じ気持ちなのかもしれないと佐々木は推察した。

卒業まであと数日を残すのみとなり、食堂で高校最後の昼食をとっていると、自然とそれぞれの将来についての話が持ち上がり、それなりに盛り上がってはいたが、終いには小須田が「淋しい」と漏らした。「おい言うなよ」と水谷が制した。佐々木も堪《たま》らず「水谷どんなアニメに出たいの？」と話を戻すと、水谷が「エロいアニメ」と答えて皆んな大声で笑った。あまり大きな声を出してしまったので佐々木が周りを気にして見回すと、離れた席の浦賀拓実と目が合った。浦賀はすぐに目を逸らして横の友達に何か話しかけている。高校最後の昼食を浦賀拓実も友人と食べていることに、佐々木は心のしこりがとれるような、不思議な清々しさを覚えた。

中学校の卒業式に比べると、高校の卒業式は随分あっさりしているように感じられた。式の次第や要する時間は大体同じようなものなのに何が違うのかと考えた佐々木は、結局皆が卒業に慣れているのだと結論付けた。中学時代が終わる悲しみや喜び、惜別といった大勢の念がひと塊となって一つの巨大な卒業の形を成していた三年前と違って、高校においては生徒一人一人がそれぞれの胸の内で卒業を味わい、淋しさや切なさといった都合のいい部分を友人や恋人と共有して、一つのイベントとして楽しんでいるような余裕が見受けられる。佐々木自身もまた中学の卒業式よりも落ち着いた自分を感じていた。誰もいない教室に戻って青春の終わりを味わおうという気持ちにもならない。水谷とは朝から教室でたくさん話したし、小須田と中島にはさっき式が終わった後に出くわして挨拶を済ませた。沼郡唯の顔を見なかったことがちらりと頭によぎったが、それは取るに足らない思いつきだった。教室に忘れ物もないし、あとは帰路につくだけだ。佐々木は校門へ向かって歩き出したが、ふとそのまま帰るのが惜しくなった。もう二度とこの学園の敷地に足を踏み入れることはないのだろうし、グラウンドでも見てから帰ろうと踵《きびす》を返した。中学の時のようにグラウンドにたくさんの卒業生達が躍り出て賑やかにしているのか、それとも誰もいないしんとしたグラウンドなのか。それを確認してやろうというささやかな好奇心も手伝った。

グラウンドは静かだった。卒業生らしき何人かの男子生徒が真ん中あたりでボールを蹴っていて、その笑い声だけが冬の名残《なごり》のような薄曇りの空に響いている。両手をズボンのポケットに突っ込んだ佐々木はグラウンドの端からそれを眺めて、一年生の時サッカー部に入ることを考えたなと懐かしく思い出した。それから体育の授業でのあの事件も思い出して、思い出してしまったことに少し笑った。あの時のように校舎をぐるっと一周してみようかと考えたが、馬鹿馬鹿しく思えてきてそれはしないことにした。あの時は校舎を左回りに回って逃げたから、右回りに歩いて校門の方へ行こうと決めた佐々木は本校舎と別棟の間の通路に入った。通路は校舎の陰となりひんやりと冷たい風が吹いている。佐々木は本校舎と別棟を繋ぐ渡り廊下の手前で立ち止まり、またあの日の事件を思い出した。それは佐々木が激しく転倒した場所だった。そして浦賀拓実にパンチをされた場所でもある。ところがそれを思い出しても不思議と嫌な気持ちにはならなかった。あの時は逃げるのに必死で、こんな青春があってなるものかと屈辱を感じたはずだが、今となっては紛れもない青春の思い出の一つなのだ。懸命に校舎の周りを走ったあの時の自分が、思い返せば青春の輝きをキラキラと瞬かせていたように感じる。そのおこぼれで追いかける浦賀拓実さえも僅かばかり光っている。

地面を見つめていた顔を上げて、渡り廊下を越えた通路の奥に目をやった。その校舎の角からは、血相を変えたあの時の自分が今にもひょっこり現れてこっちに走ってくるように思われ、そんなことを考える自分もまた可笑《おか》しかった。

ニヤリと笑いながら歩き始めた佐々木だったが、今見ていた校舎の角から人影が現れ驚いた。少し目を細めて見た佐々木だったが、細めずともその大柄な人物は浦賀拓実だとすぐにわかる。背負った真っ黒いリュックの肩紐を両手で握りながら向かってくる浦賀拓実は、佐々木に用があるわけではなく何の目的かグラウンドの方へ行くのだろう。佐々木は一瞬躊躇ったが、そのまま足を進めて浦賀拓実とすれ違うことにした。そうなると、他に誰もいない通路で何も言わずすれ違うのは不自然だ。何か言えばよかったと後悔もするだろう。ならば一言「バイバイ」とでも言ってやろうかと考えた佐々木だが、嫌な想像が頭に浮かんでしまった。こちらが「バイバイ」と言ったとして、浦賀拓実は何と返すだろう。もしかして「アホ」と言うのではないか。まさかそんなことはもうないだろうと思いながらも、あの浦賀拓実なのだから今ここに来てこちらが仰天するような言葉を面目躍如《めんもくやくじょ》とばかりに放ったとしても不思議ではないとも思える。浦賀拓実の成長を見守り見届けた自分の目は実は全くの節穴で、本当のところ何一つ成長していないのではないか。浦賀拓実にこうあってほしいという身勝手な願望を押し付け成長したと思い込んでいたが、浦賀拓実は今も転校生浦賀拓実なのではないか。そうである方が彼らしくもあるような気がする。佐々木は固唾を呑んだ。

いつのまにか渡り廊下を越えてしまい、もう数メートル先には浦賀拓実がいる。佐々木はちょうど渡り廊下の所ですれ違いたかったが、側溝と壁だけの、何も無い所ですれ違うことになってしまった。佐々木にはもう浦賀拓実がすれ違いざまに「アホ」と言い放ってくるとしか思えなくなった。今この瞬間のためだけに息を潜め油断を誘っていたのだ。そっちがその気なら、どう言い返してやろうか。そのままアホと言い返すなんてことはしたくない。もう中学生ではないのだから、それなりの機知に富んだ返し方があるはずだ。そうだ、アホと言った浦賀に軽く微笑んで「バイバイ」と返すのがいいだろう。浦賀拓実の滑稽な幼さや不恰好なコミュニケーションを嘲笑うように、大人になった自分を思い知らせるのだ。これは最高の仕返しでもあるし、〝バイバイ〟の一言に怒り狂って殴りかかってくることも出来ないだろう。完全に敗北した浦賀拓実は卒業という門出にただ敗北感のみを心に刻み家路につくのだ。佐々木のこの黙考は浦賀拓実との距離があと一メートルに迫るまでのほんの数秒のことだった。

「バイバイ」

くぐもった声がしんとした通路にやけに響いた。思いがけない言葉をかけられて、驚いた佐々木がすれ違いざまに横を見ると、挨拶を済ませたからもう佐々木に用はないといった泰然とした顔で、真っすぐ前を向いて進む浦賀拓実があった。

「あ、バイバイ」

慌てて返した佐々木の声はいやに小さく浦賀拓実に届いたかも怪しいほどで、これではいけないと感じた佐々木は瞬発的に浦賀拓実を呼び止めた。

「あ、待って」

浦賀拓実は呼び止められたことに驚いたように少し肩を上げて振り向いた。

「アホって言うのかと思った」

率直な気持ちを口にした佐々木に向けて、浦賀は皮肉めいた冗談を言われたかのような苦笑を浮かべた。

「言わないって」

「いや絶対言うと思ったからびっくりした」

言いながら佐々木は浦賀拓実と会話ができていることに興奮した。

「いや言わないって」

浦賀が同じ言葉を返してきたことに、会話が終わってしまいそうな気配を感じた佐々木は、もう少しだけ浦賀拓実と話さなくてはいけないような気がして、中学時代のことに言及した。

「だって中学の卒業式で言ったし」

決して口にすることはないと思っていた忌々しい出来事だった。それをまさか浦賀本人と、時を高校卒業の日に移して話すことになるとは夢にも思わなかった。浦賀はまた苦笑した。

「あの時は……」

あの時はごめん、と言うのかと思ったら言葉が止まってしまったので、佐々木は少しがっかりして浦賀の言葉の続きを待った。

「いやあの時もバイバイって言おうと思ったんだって」

「えっ」

驚いた佐々木は言葉に詰まり、浦賀拓実が続けた。

「いやオレひっくり返っちゃうとこあって、言おうと思ったことが。逆のこと言っちゃって」

「何だよそれ」

「ごめんあの時は」

浦賀がついに謝罪したことはまるで夢の中のことのように現実感がなく、佐々木は嬉しさと疑いが混じったような落ち着きが悪い気持ちになった。

「いや別にいいけど」

そう言いながら、もしあの時に「バイバイ」と言ってくれていたら、と思わずにはいられなかった。もしかして浦賀拓実と食堂で談笑する高校時代もあったのではないか。

「色々とごめん」

浦賀が重ねて謝った。

「サッカーの時とか？」

「まあ、そう」

「それはオレもごめん。わざとじゃないけど」

「わざとかと思った」

「わざとじゃないってあんなの」

簡素な言葉の交換で二人の間にあった余計なものが、透き通った春の小川にさらさらと流されていくようだった。佐々木はもう少し話していたくて、他に何か言うことはないか探ったが何も出てこない。浦賀の方も同じらしく何も話さなくなった。冷たい風に運ばれてどこかから女子生徒たちの笑い声が聞こえる。それを合図に浦賀拓実は「じゃ」と言うと向きを返してグラウンドの方へ歩き始めた。そっちへ行ってどうするんだろうと思った佐々木だったがそれを訊く気にはならなかった。別に何をするでもなく校舎を一周するだけかもしれないし、それならもたもたしていると校門の辺りでまた浦賀と顔を合わせることになってしまうかもしれない。さっさと帰ってしまおうと考えたが、最後に一言言いたくなった。「じゃ」に答えてただ「じゃ」と返してもつまらない。少しだけ意地悪なことが言いたい。それは仕返しじみたものではなく、気安い仲間同士がからかい合うようなものがいい。そんな一言がもう佐々木の頭に浮かんでいた。

「ほなさいなら」

振り向いた浦賀拓実は、別れ際にまんまとやられたといった顔で笑っていた。その口元は肉でも噛んでいるようにモゴモゴと動いて、何か言いたそうではあるが言葉は出てこない。その代わりに両手を握って、自分の胸をドンドンとゴリラのように何度か叩いてみせた。「あっ」と佐々木が小さく声を漏らした時には浦賀拓実は再び背を向けて歩き出していた。さっき浦賀が見せたような苦笑いを浮かべながら佐々木はぼんやりと、大きな背中がグラウンドの中へ吸い込まれていくのを見送った。

東大（東京大納言大学）に入学した佐々木は、祭りのように賑やかなサークルの勧誘にワクワクしながら、右も左もわからない広いキャンパスを歩き回った。小豆色の校舎にたくさんの教室、大きな講堂に図書館、レストランのような食堂。花壇に沿うおしゃれなベンチ。どこを見てもあの大きな背中は見当たらない。進学先なんて聞いていないし、何せあいつのことだから、いたとしても不思議ではない。最初の数日はそんなふうに思って周りを気にしていた佐々木だったが、結局どこにも浦賀拓実の姿を見つけることはなかった。

お義父さん

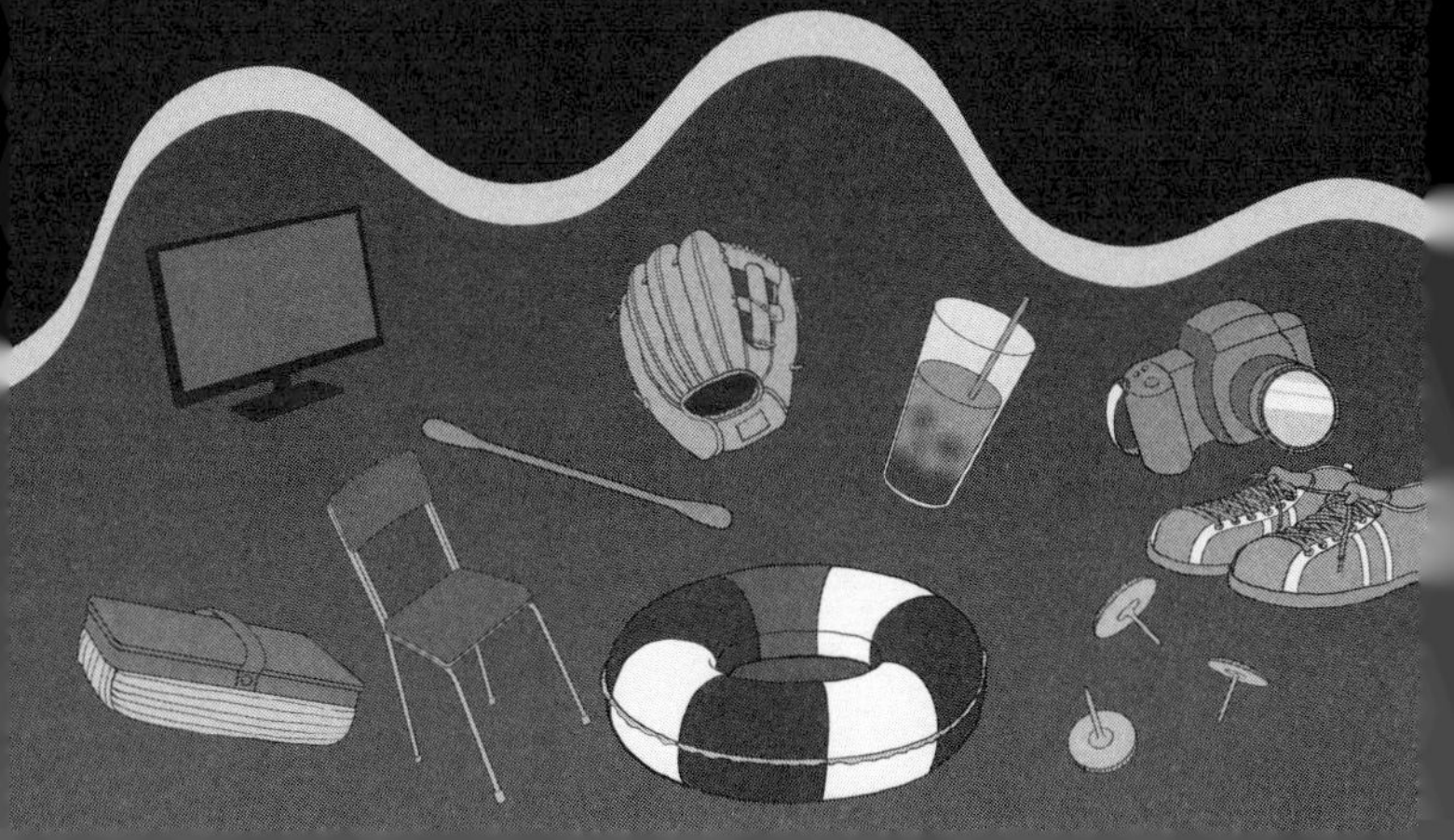

大沢《おおさわ》という男が、自分を前にしてもあまり緊張を顔に出さないので、よけいにくやしくて茂《しげる》は大きな声を出してしまった。

「君にお父さんと呼ばれる……」

大沢は結婚を前に、彼女の父親に初めて挨拶に行くとなった時、まずそのお決まりの言葉が返ってくることを想像し、しかしまさかそうは言われないだろうと高を括っていたが、その通りの言葉が自分に降りかかり、そして途中で降りかかるのをやめたことに驚いて口がポカンと開いてしまった。上唇と下唇の間に、唾の糸が一筋光った。

大沢は義父となるこの茂の見開いた目をつい見てしまって、慌てて目をそらした。茂はやや声を落として言い直した。

「君にお父さんと呼ばれる……あれはない！」

頭の回転の速い大沢は、茂の頭から肝心な言葉が、興奮のためか年のせいか、一時的に消えてしまったと察した。そして、少し意地悪な気持ちが出てしまって、「あれとは……？」と訊いてしまった。あまり歓待はされないかもしれないと思ってはいても、「登《と》記子《きこ》さんと結婚させて下さい」と頭を下げた客人に、「フン……」と鼻を鳴らしただけで暫《しばら》くの沈黙という安い威厳を披露した茂に苛立ちを覚えていたことが手伝った。

「あれとはって……」

目を合わさずとも茂の顔が曇るのが見てとれ、大沢は余計なことを言ってしまったかと少し不安になった。

その場に登記子がいれば「〜でしょ」と笑いながら、二人の会話を導いてくれるはずだが、生憎今《あいにく》しがた犬の散歩に出てしまった。大沢と、父茂を二人にすることに不安はあったが、その時に限って犬が狂ったような遠吠えを繰り返すので、散歩に連れていかなければおさまらなくなってしまった。キッチンには、大沢の賞賛を得ようと夕食の仕度《したく》にはりきる母もいることだし、滅多《めった》なことには、例えば大ゲンカなどにはならないだろうと思ったが、一応、二人を見ててねと母に伝えると、昨日の雪のせいで湿ったリードを雑種犬サラマンダの藍色の首輪につなげて駆け出して行った。昨日の大雪は道端のいたる所に光る山となり、汚れた雪溶け水は犬を除く全てのものの足を鈍《にぶ》らせていた。

「あれとは、あれだ」

大沢は困ってしまい、庭で両肩に雪を載せたサルスベリの木に目をやった。

「あまりストレートに言っても大人げないから、言葉を濁して言ったんだ。君はいい大学を出ているんだから、それくらい察して、理解してほしいもんだ」

粗末な言い訳に自分への非難まで付け加えられ、大沢の心中の種火《たねび》がボッと膨《ふく》らんだ。この義父となる男をこらしめたいという気持ちが湧いてきた。

「すいません、わかりません。あれとは何ですか」

茂の口が驚いてパカッと開いたまま、一筋の唾の糸を光らせた。まさか再び問うてくるとは思ってもみなかったので、焦って顔が熱くなった。

「だから……」

フウッと気を静めるような溜め息をついた後、決意を持ってカッと目を剝《む》いた。

「君にお父さんと呼ばれる……ほら！」

何も考えず、早口で一気に言い直せば、忘却の原を彼方へ駆けて行ったその言葉が、何事もなかったようにひょっこり顔を出すのではないかという茂の勇気ある試みは、かえってその言葉が手の届かないほど遠くへ行ってしまっていることを思い知らせることになった。

「ほら、と言われましても」

顔には出さずとも口調から、大沢の、勝利した者の余裕が感じ取れた。この時茂は、最早その言葉を忘れてしまったとは言い出せないところへ来てしまっていることを感じた。

最初に、素直にど忘れしてしまったと言っていれば、今この時の自分は、一体どれだけ平静をもって、穏やかに、この小さな和室で、真新しい座布団にあぐらをかいているのだろうか。一体どこで間違えたのか。インテリの、若い、青春を謳歌《おうか》してきましたといった顔をした男が娘を嫁に下さいと訪ねて来る。自分よりずっといい大学を出た男に、威厳を示したい、優勢を保ちたいという気持ちがあった。そうかそこだ。あさましい見栄に、あったはずの素直さを奪われてしまったのだ。

茂は情けない気持ちになると同時に、最初からこの青年に自分は負けているのだと悟った。普段、オフィスで同年代の上司にとやかく言われても心の中で、ええいこの馬鹿とかお前が悪いとか反論して悟られずプライドを守る茂だが、この時ばかりは得意とする心の中での反論もかなわず、初めて負けを認め、しかし何とか義父となる者としてプライドは守らなければならないというジレンマに陥った。

「君は、何だと思うかね、一応訊くけど、君にお父さんと呼ばれる……何だと思う」

「すいません。わかりません」

やや形振《なりふ》りかまわなくなってきた茂の質問に、大沢は次の茂の出方を待つためだけの返答をした。

「いや、わかってるはずだ、君は、エリートだもの、いい大学出てるもの、君は」

「すいません、これかなと思うのはありますけど本当にわかりません」

「それだよ、それ、君のその思っているやつだよ」

「でも、僕の思ってるのは見当違いかもしれませんから、教えて下さい」

「だから、君にお父さんと呼ばれる、君が思ってるそれはない！　と言ってるんだ」

興奮して茂はわけのわからないことを大声で言ってしまったが、すでに心の中で敗北しているので怒りに満ちた大声ではなく、どこか弱気な、震えた声だった。

「ヒントだけくれないか」

茂はプライドをかなぐり捨てたようなことを口走ったが、肝心な言葉を失念してしまったことだけは、たとえ、大沢にわかられてしまっていても決して認めない、その一線だけが今守るべきプライド線で、その最終プライド線さえ越えられなければいい。そういう戦いになっていた。

大沢は、楽しくなってきた。

「そうですね……まずはノーヒントでいきましょうか」

シビアな大沢に茂はギョッとした。手の平の上で転がされ始めたのを感じた。ヒントなしならこれまでと同じ孤独な戦いじゃないかと思ったが、その失われた言葉を知るのは今や大沢だけなのだから従う他ない。キッチンにいる妻に助けを求めることも頭に浮かんだが、客間を出て妻の所に行き、その言葉を小脇に抱え得意な顔で戻って来たら、あるいは何くわぬ顔で戻って来たとしても、目敏《めざと》そうなこの青年には、茂が何をしに客間を離れたのか、すぐにわかってしまうだろう。それは失念を認めるのも同じような気がして、茂の腰がコバルトブルーの座布団から浮くことはなかった。

「私は、何だ、君にお父さんと呼ばれる……その、何はないかということを、君が何だと思ってるのかというのを考えるに、浮かんできたのは……かつあい、とか、あいかぎ、という言葉が浮かんだが、いや違うのはわかっているが、その言葉が何回も頭に出てきて……」

「遠くないですね」

少し茂に笑みが浮かんだ。

「やはり近いか、うん、それでヒントは何かね、もう、ヒントを、いいだろう」

「そうですね、まあ、『牛すじ』に似た言葉ですね」

大沢が軽はずみに出したヒントに茂の目がパッと光った。茂は自分の脳に小さな電撃が走ったと錯覚するほどにピンときた。エジソンだとか、他は知らないが有名な発明家が何かを閃《ひらめ》く時、きっとこれと同じ感覚を覚えるに違いない、と思った。偉人と呼ばれる偉大な発明家達と肩を並べた気がした。

茂の顔を見て大沢はしまったと思った。安易にヒントを出してしまった。もうこの不意に湧いた妙なお楽しみは終わりか、と半《なか》ばあきらめの気持ちになった。牛すじは失策だった。牛すじという言葉において〝すじ〟の部分のインパクトはかなり強い。その上、先程茂が何度も頭に浮かぶと言った言葉、これらを併《あわ》せて考えられたら、そこらの調子の悪い猿でもすぐ正解にたどり着くだろうと想像した。

「わかった」

茂の張りのある一声に、大沢は身構えた。

「はい」

「わかった、わかった」

「はい」

「みちすじ」

大沢は「んっ」と小声を漏らした。違うよ、と心の中で言った。大沢の反応を見て、茂は即座に自信を喪失した。やっと再会した恋人のように感じたその言葉がどこの馬の骨ともわからない別人と判明し、茂は顔を青くした。

ではその言葉とは何なのか。牛すじに近い言葉、あらすじ、すじ肉、違う。出てこない。茂はそれが本当に只《ただ》のど忘れなのか、初めから知らない言葉なのではないかとさえ疑い始めた。

「後生《ごしょう》だ、もうワンヒント」

ヒントを懇願する姿勢を露骨に見せるのも厭《いと》わなくなった茂に大沢は少し考えた。そろそろ答えを言ってあげてもいいのではないか。しかしやはり重ねてヒントを出すことにした。どのみち、もう一つヒントを出せば正解にたどり着くだろうと思った。

「牛すじと、先程おっしゃった、かつあい、とか、ええと、あいかぎ？　それらを合わせて考えるんです」

「すじかぎ？」

即座に答えた茂に大沢は少し声を荒らげた。

「よく考えなかったでしょう」

茂はいたずらをして怒られたような顔をして肩をすくめた。大沢は腹が立った。出してはいないが舌をペロッと出されたような気がした。

「逆にどんなヒントを出せば思い出せるんですか」

「思い出せるって何だ、私は何も忘れていないんだが」

そこはまだ守り続けていたのかと大沢は驚いた。そして、もういいと思った。

「わかりました。その話はもういいでしょう。今後についてお話ししたいんですが」

茂はホッとした。後で妻に聞こう、いやネットで〝君にお父さんと呼ばれる　ない〟で検索すれば、すぐに答えはわかるだろう。

ホッとしたのも束の間《つかのま》、その余裕からか茂におかしな欲が出た。まだちゃんと言ってみたかったあの、君にお父さんと呼ばれる～はない、という言葉をこの男に浴びせていない。どうにも、スッキリしない。モヤモヤしたものを払拭したい。

しかし強引に話を切り上げられてしまったから、これ以上のヒントのおねだりは厳しい。すでに与えられた牛すじというヒント、それから、かつあい、あいかぎ、という言葉にも近いという、それだけを頼りに、茂は失われた、あるいは最初から茂の中にはなかったかもしれないその言葉を手繰《たぐ》り寄せなければならない。

一体その言葉とは何だろうか。聞いてしまえば何だそんな物だったかという、簡単な、子どもでも知っている言葉だろうか。茂は再び牛すじという言葉から噛《しが》み始めた。牛すじ、牛すじ、噛むほどに味は薄れ、次第にそれはヒントではなく只の牛すじに思われた。

やはり自分の内より湧き出たヒントこそが真のヒントであると、茂は、かつあい、あいかぎ、という言葉を交互に咀嚼《そしやく》した。時折、噛《しが》みすぎてドロドロになった牛すじも再度ほおばってみた。そうして、新たに、牛あい、牛かぎ、かぎあい、肉牛、といった言葉が茂の中に登場したが、いずれにも、可能性は感じるものの、正解には迫っていない頼りなさがあった。

その言葉はどこにいるのか。追うほどに右へ左へ逃げ回る草原の動物のようであり、光の届かない深海の底で身を潜める何かのようでもある。大沢が何やら、結婚をしたら東京へ住むだの、仕事がどうだのと真剣な顔で話し始めているが、茂の耳に入った大沢の将来の展望などは、うずまき管の渦に戯れそれより奥を訪ねることなく耳垢《あか》のようにポロポロと外へこぼれ出るのだった。

茂の頭の中は牛でいっぱいになってきた。しかし大沢の出した牛すじは、牛ではなくすじの部分こそ正解への糸口であり、牛の方に縛られてはかえって正解から遠のくことになってしまう。茂はまだそれに気が付いていない。牛肉、肉牛、神戸牛、あいびき肉、ひき肉、鴨肉、合鴨……茂の発想は今やヒントなどものともしない自由奔放さを呈しているようで、その実、牛ひいては肉に縛られていた。牛ではなくすじの方を軸に思考をめぐらせれば、例えば、そう、はなすじ、すじがき、すじかい、あらすじ……といった具合に、より正解に迫っていそうな言葉も浮かんでくるというのに、茂にそれを諭《さと》すものはいない。ヒントの、ヒントたる部分を的確に把握している者だけが、正解にたどり着けるのである。

そして、大沢の出した牛すじにばかりとらわれるという愚は冒さなかった茂だが、自身の生み出したキーワードと、大沢のヒントを組み合わせるという作業を、やり始めたのに中断し、鴨肉のことまで考え始めてしまった。その二つの融合、それこそ大沢がプレゼントのように差し出した第二の、最大のヒントであり、見逃してはならないものであったのに、茂は軽《かろ》んじてしまった。最早茂には何も期待できない。

かつあい、あいかぎ、茂の出した二つの言葉が、大沢は遠くないと言う。

かつすじ、あいすじ、かぎすじ……牛すじの、すじと組み合わせるとそういった言葉が誕生する。しかしどれもあと一歩、達していない。あとほんの一歩、肉迫と言っていいくらいに近づいているかもしれない。

それらの前後を入れ替えてみよう。まず、かつすじ↓すじかつ、違う。次にあいすじ↓すじあい、違う。かぎすじ↓すじかぎ、違う。いや、違わない。あった。うっかり違うと流してしまったが、正解があった。そうだ、すじあいだ。筋合いだった。

君にお父さんと呼ばれる筋合いはない、この言葉こそが茂の言いたかったものなのだ。やっとわかった。やっと思い出せた。なぜこんな簡単な言葉を、茂と一緒になって忘れてしまっていたのか。もっとも霊というのは忘れっぽいものだし、自分が何者かさえ私はもう忘れてしまっているくらいだから、仕方がない。わかることと言えば、私という霊はこの家とその近辺をいつもフラフラしているのだということだけで、人の考えや感情、記憶も断片的にはわかるが肝心なことはわからなかったりするから困る。

茂の娘登記子が犬の散歩を終えて帰って来た。うぐいす色のサラマンダは濡れた足を小さく振った。実際は茶色っぽい犬だと思うが、これも霊の不便なところで、全ての物が青とか緑の系統の色に見えてしまう。一番多く目にするのがうぐいす色とコバルトブルーだ。茂はまだああでもないこうでもないと頭の中をグツグツ煮立てながら、窓外《そうがい》の空色に輝く雪を眺め、眩《まぶ》しさに目を細めている。

霊の最たる不便は、人に触れたり話したりできないことで、ウンウンうなっている茂に筋合いという言葉を教えてやりたいところだがそれもかなわないので、私は家の二階、比較的居心地のいい登記子の部屋にでも行って浮遊しておこう。私がこの和室にいると、窓のすぐ外にある犬小屋でいつも丸くなっているサラマンダが異常に吠え続けるからしょうがない。

私は茂の耳元で「筋合い」と聞こえないのを承知でつぶやいて客間をあとにした。もっとも、かすかにでも聞こえて茂が思い出したとしても、今更大沢に、「君にお父さんと呼ばれる筋合いはない」と言えるかどうか……お父さん……ああ、お父さんか、思い出した。自分が誰なのか。

私はキッチンにいる茂の妻和子《かずこ》のお父さん、つまり茂のお義父さんだった。これは傑作だ。

イケメンニュージェネレーション

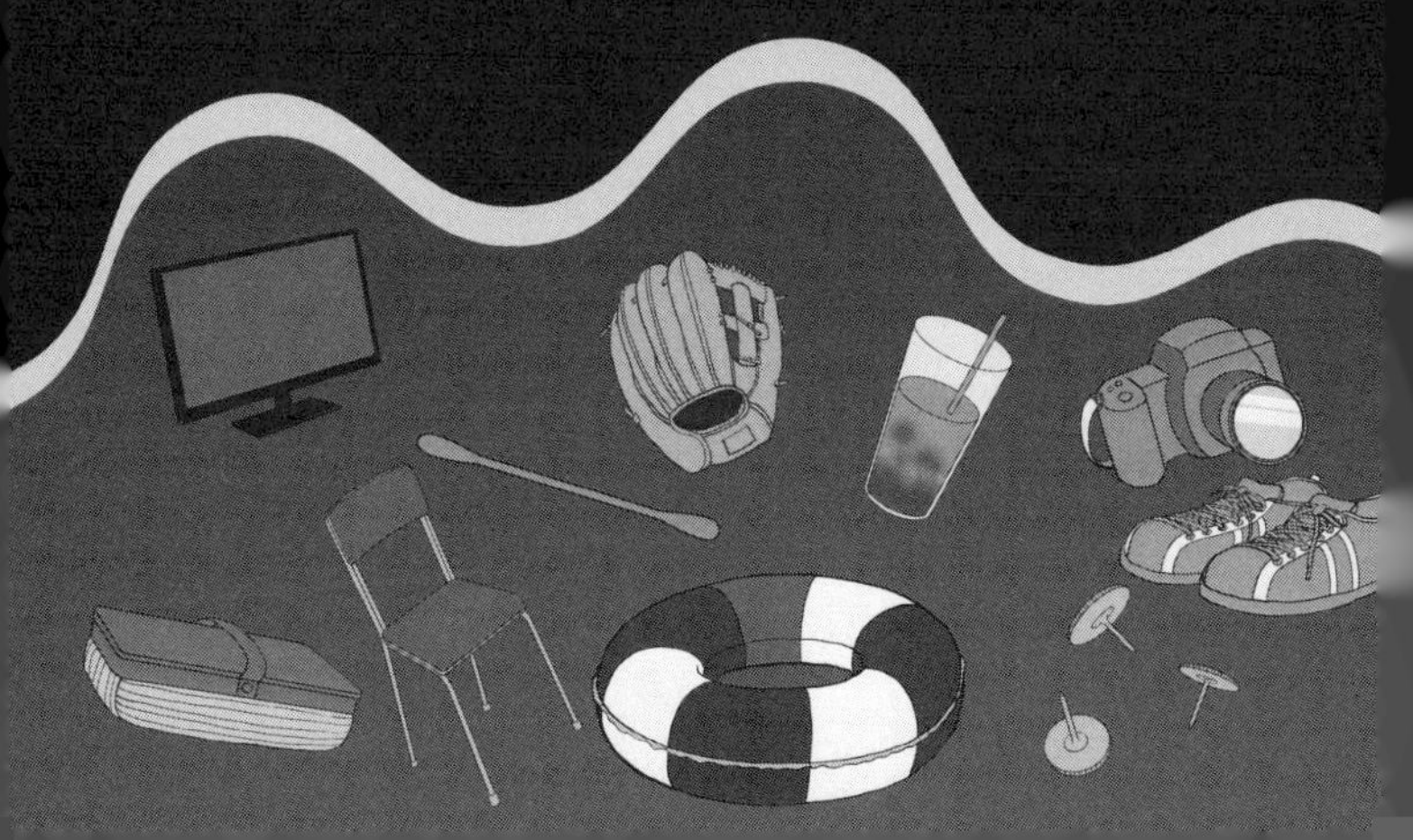

豊富なメニューとリーズナブルな値段で人気の『ニューヨーク』は今や日本で最も人気のあるファミリーレストランで、日本にあるおよそ八割のファミレスはこのニューヨークである。さすがに多すぎる、違うファミレスに行きたい、見るのも嫌になってきた、という声もあるが、大人数の客に対応しやすい座席の配置を意識した店舗が多く、十人にも上る集《つど》いとなるとやはり最寄りのニューヨークへ足を運ぶのが無難な選択肢の筆頭となる。

東京のはずれ、明確な歩道が無く我が物顔で車が往来する都道沿いに溶け込んだそのニューヨークはこの日、十人の団体をすんなりと受け入れその懐《ふところ》の広さを誇っていた。

「オレの呼びかけに応えてくれて、ここにこうして集まった皆が、真のイケメンだとオレは断定する」

十人のうちの一人、ムラのある金髪の男が九人の視線をまとめた。金崎慶一《かなざきけいいち》、かつてイケメンを極めイケメンの名をほしいままにした伝説の集団、イケメン軍団の元メンバーである。

「とは言え、伝説のイケメン軍団もまた真のイケメンであることは否定しない。一つ聞こう。この中で、我こそはイケメン軍団さえも凌駕《りょうが》するイケメンだと言える奴はいるか、手を挙げてくれ」

九人は全員、首を動かさず目玉だけをキョロキョロと右へ左へやり、周りの様子をうかがい、結局誰一人手を挙げなかった。

「どうしたどうした、元イケメン軍団の主要メンバーであるオレに遠慮することはないんだぜ。誰も手を挙げないのか、室田《むろた》、お前はどうだ」

名指しされたイケメン室田剛気《ごうき》は目線をテーブルの上のグラスに移した。室田はお酒を飲んだような赤ら顔で、墨のようにまっ黒な油っこい長髪を後ろにひと括《くく》りにしている。額の生《は》え際《ぎわ》からは、括られるのを逃れた幾本かの髪が垂れ下がり、目に鼻に額《ひたい》にアゴにとイケメンという庭で遊び回っている。赤ら顔に合わせたような赤い唇の奥には、飽くなきイケメンの追求を裏付ける歯並び矯正の金属ブラケットが、白っぽい何らかの食べカスを抱えこんでいた。

「お前はどうだ、手を挙げないのか堂島《どうじま》」

名前を呼ばれ大柄なイケメン堂島光《ひかる》は窓に映る自分の顔を見た。その周りに映るいくつもの横顔もまた全てイケメンという圧巻の窓ガラスであった。堂島は眉の上で一直線に切り揃えられた前髪のみを黄色く染め、両耳には瓢箪《ひょうたん》の形の金色のピアスをつけている。イケメンであることに驕《おご》らずファッションにも気をつかう男で、青いチェックのネルシャツにはしっかりとした肩パットが入っている。歯をギュッと嚙みしめやや口唇《こうしん》を開き、スーッシーッと、常に前歯の隙間で呼吸をしていて、魚のように見開かれた充血した眼は、息を吸い込む時の方がより見開かれていた。

自己主張のない若いイケメン達に、金崎慶一は苛立った。

「なぜ君達は、ここに集まった。なぜオレの呼びかけに応えたんだ。群を抜くイケメンとしての自覚がここに足を運ばせたはずだ！」

金崎は大声を出した。店内には他に幾人か客がいるようだったが、この十人のイケメンからは遠く離れた死角となるあたりだったので金崎は人目をはばからなかった。近くを歩いていた店員は驚いた様子で金崎の方を向いたが注意しには来なかった。他の客達は静かで金崎が大声を反省し少し黙ると途端に店内はひっそりとした。

「はっきり言おう、君達がもしイケメン軍団と対峙したら、きっと負けるだろう」

突然突き離され、イケメン小港明《こみなとあきら》は驚いて少し顔を上げちらりと金崎を見ると、また首が折れたように深くうつむいた。小港は、若さゆえの大量のニキビさえもイケメンの武器として、室田剛気にも負けない赤い顔をしている。これこそが頰骨だと言わんばかりの力強い頰骨の膨《ふく》らみは青春の油汗でしっとりと輝き、その下方には若さを感じさせないいくっきりとしたほうれい線が、口とその周りだけは顔から分離する別の部品であるかのように見せている。これこそ小港自らがイケメンパーツと呼ぶ、彼のイケメンの最たる部分である。

小港よりも一つ年下の最年少イケメン新田民夫《にったたみお》は、金崎の発言に反発するように、金崎の星のイヤリングをキッと睨《にら》んだ。

「文句があるようだな新田」

そう言われ若い新田は首をぐるりと回しテーブルの隅《すみ》に立つメニューに視線を移した。新田民夫は若いがこの中の誰よりも白髪が多く、特に両サイドから後頭部にかけては黒と白が半々といったところである。その純白の髪は、このイケメンの、まだ何ものにも染まっていない清さの象徴でもあった。また黒い学ランを着た彼の両肩と首の後ろ部分に白く輝く小さな砂のような粒も同様に、フケというよりもむしろ清いイケメンの象徴といえた。新田の黒みがかった紫色の唇から言葉が出ないのを見て金崎は続けた。

「なぜ君達のイケメンが、イケメン軍団のそれに負けるのか。君達ほどのイケメンが、若さを武器にしてもなお遅れをとるのか」

十人の中でも最年長で金崎より一回り年上の大原徳則《おおはらとくのり》は少しばつが悪そうに口をモゴモゴと動かし唾液をチャチャッと鳴らした。金崎を除いて他の全員が二十歳前後という中で、イケメン大原徳則は異彩を放っていた。その瘦せた瞼《まぶた》、鼻を中心とした無数のしみ、首の真後ろのねずみ色のイボのような物、どれも円熟した大人のイケメンのすごみを放っている。とりわけ眉間《みけん》を縦に走る三本の深いしわはさながら滝、イケメンウォーターフォールと呼ばれている。大原は謙遜するがイケメンウォーターフォールはその荘厳さにおいてかの名高い華厳《けごん》の滝《たき》にも並び称され、眉間から下はイケメン滝壺である。

「はっきり言って、君達のイケメンが、負けているとは思わない。もしイケメン軍団に君達のイケメンが圧倒されたとしよう。それはイケメン軍団の、ベテランならではの巧みな技術、老獪《ろうかい》さ、そういったものに翻弄《ほんろう》されたに過ぎない。わかるか内川《うちかわ》」

徐々に前のめりになって話に集中していたイケメン内川一也《かずや》は咄嗟《とっさ》にうつむき、白い満月のような頭頂部を金崎に向けた。内川の髪は二十歳の頃から急激に、彼のイケメンを祝福する紙吹雪のように舞い散り、純白のドレスのように白く美しい頭皮を惜しげもなく披露させている。それに相応して、彼の口元で輝いていた白い前歯は二十歳の頃わけもなく抜け落ちており、口を開くと現れる漆黒の闇と頭頂部の純白のコントラストはイケメンの中でも他の追随《ついずい》を許さない。白と黒、その強烈な対比はイケメンオセロと呼ばれている。

「イケメン軍団の老獪さ、例えば、彼らはここぞという時限界までアゴを引く。上目遣いやウィンクといった小技も自由自在だ。立っていても座っていても彼らは必ず足をクロスさせているし、どんなに背中が丸かろうが顔だけは前を見据えている。それが、今の君達にできるか、どうだ西川田《にしかわだ》」

イケメン西川田淳平《じゅんぺい》はイエスともノーとも答えず黙ってうつむきながら目を瞬《しばた》かせた。生来の照れ性で、名前を呼ばれて瞬く間に、急死するのかと思われるほど赤黒い顔になった西川田は、彼の最大のチャームポイントの、白目こそ黄色いが切れ長の、厚い二重瞼の両眼を常に瞬かせている。一秒間に三度、基本的にはそのリズムを守り、時折、彼のイケメンがアクセントを欲した時、約二秒間ギュッと目をつぶり、そしてまた一秒間に三度の瞬《まばた》きを再開する。たとえ他のどんなイケメンが会心のウィンクを披露したところで、西川田のこの瞬きのインパクトを前にしては霞《かす》んでしまう。西川田の瞳を一層輝かせるこのリズムは別名イケメンリズムとも呼ばれ、一目置かれている。

「はっきり言って、今の君達にイケメン軍団の技を真似ることはできない。けれど、技術は後からいくらでも身につけることができる。何より君達のリーダーは誰か。そう、元イケメン軍団の金崎慶一だ。イケメン軍団の技、テクニック、技術、全て惜しみなく君達に伝えよう。そうすれば君達若い原石は、必ずイケメン軍団さえも超えるイケメン軍団になれる」

その言葉に、うつむいて聞いていたイケメン相原豪《あいはらごう》はうつむきながら瞳を光らせた。相原は昭和のイケメンを思わせるマジックで描いたような太い眉を持ち、しゃくれたアゴ、顔ほどに太い首などはイケメンの中でも屈指だが、それらは彼のイケメンの一端に過ぎない。相原豪の真価は彼の両瞼にある直径約五ミリほどのほくろで、両目を閉じるとそれらが黒目のように見えることから相原は二つの顔を持つイケメンと呼ばれている。相原が金崎の言葉を噛みしめるように目を閉じ、ふと顔を僅《わず》かに上げたのを見て、金崎は一瞬ギョッとしたがそれをほてった顔に出すことなく話し続けた。

「君達のイケメンはまだ完成されていない。でも、だからこそ伝説のイケメン軍団を超える素質がある。オレが集めたのはそういうメンバーだ。そして近い将来、君達の途方もないイケメンで、今なおイケメンの頂《いただき》に君臨するイケメン軍団を引きずり下ろして欲しいんだ。なぜだかわかるか、飯野《いいの》」

恰幅《かっぷく》の良い体を貧乏揺すりで弾《はず》ませながら、持参したティッシュで首の汗をこそぎ取っていた重量級イケメン飯野颯馬《そうま》は、金崎の表情をうかがっていた目線をできる限り左上にやって、照明の眩《まぶ》しさに小さく丸い目をパチパチさせると、誰にともつかない小さな会釈をしてテーブルの中央一点を見つめた。不規則にちぢれたロングヘアーから脱出するように、汗が浅黒い額を撫《な》でてテーブルの上にポタリと落ちた。イケメンのエキスをたっぷりと含んだその滴《したた》りは、まるで合図のように次の金崎の言葉を呼んだ。

「なぜオレが、オレ自身の誇りでもあったイケメン軍団を倒したいのか。それは……イケメン界は決して停滞してはいけないと思うからだ。イケメン軍団は確かにイケメンを極めた。しかしそこから伸び代があるだろうか。はっきり言ってない。イケメンは時代と共に進化し続けなければならないし、進化してこそのイケメンだとも言える。たとえどんな高いレベルにあっても、進化を止め、停滞したイケメンにどれほどの価値があるのか。今、はっきり言って確実にイケメンは世代交代の時だとオレは断言する」

九人のイケメンの瞳はテーブルや窓、床などを見つめながら、希望に満ちて踊り始めた。

「さあ、始めようぜ。オレ達十人が真の、これからの時代のイケメンだと世に知らしめよう。これは誕生だ。今まではイケメンを持て余して何もできずにいた一人一人の胎動《たいどう》が、今、このファミレスという分娩室《ぶんべんしつ》に集い、この金崎慶一というへその緒で繋がり、産声《うぶごえ》を轟かせようとしている。遠慮することはない、大声で叫ぼう、我こそはイケメンだと。生まれた直後は大声を出すものさ。よし、まずはリーダーのオレが代表して産声を上げさせてもらう」

金崎慶一は口を吸盤のようにとがらせ大きく息を吸った。

「今ここに、イケメンニュージェネレーションの誕生を宣言する!!」

メンバーの一人が声に驚いてテーブルの上のグラスを落としてしまったが割れなかった。

店の奥の死角となる席から咳ばらいが聞こえたような気がして、さすがに騒々し過ぎたかと反省し金崎は背中を丸めて深く座り直した。奥のその席の客には金崎の声はさして騒々しくは聞こえておらず、その咳ばらいは、声を大にするこれからの重大な発言に備えた喉の運動だったが、その客の声もまた金崎らにはほとんど届かなかった。

「ではここに、我らイケメン軍団の、アメリカ進出を宣言する！」

イケメンひしめくイケメン界が、大きく動き出したようである。

3回表

ランナーを背負わず緊迫した場面でもなかったが、僅《わず》かな動揺から越村《こしむら》の目は一瞬大きく開かれた。やや太めの体を揺すり、球場全体を獲物をさがすように睨《にら》みながら、しかしピッチャーには一瞥《いちべつ》もくれずバッターボックスへ歩くその男には8番打者ながらホームランバッターの風格があった。彫りが深く、髪は少しちぢれていて眉も太い。おまけにがっしりとした体格から、プロ野球ファンの間では、助っ人外国人の愛称で親しまれている富《とみ》田《た》を打者に迎え、越村は、やっと来たな、と呟いた。ルーキーの年から活躍した越村に対し、富田は社会人野球を経てプロ入りしてからも暫《しばら》く二軍で燻《くすぶ》り、昨年一軍登録となったものの越村との対戦はこの日が初めてであった。

越村と富田の関係について知る者は両チームのファンの中でも多くはない。二人は高校野球の名門、渦卍《うずまんじ》高校で共に汗を流し甲子園出場も果たしたチームメイトであり、友人であった。互いの家も市をまたぐが割合に近く、越村が新しいゲームを買ったとか、アイドルの写真集を買ったなどといった話を小耳に挟《はさ》むと富田は呪符《じゅふ》のようなよくわからないシールがたくさん貼られた自転車にまたがって越村の家へ遊びに行くのだった。

ところが将来のメジャーリーグへの挑戦も視野に、英語の勉強に精を出し始めた越村がゲームやら何やらの娯楽品を新たに買うことがなくなると、冬の寒さも手伝って、富田が越村の家を訪ねることもなくなった。学校で顔を合わせても会話と言えるほどの会話が生まれることは少なく、富田はとりあえず「何か買った？」と訊くのがお決まりで、越村が「何も」と答えると富田は「ふーん」と言うだけで、それ以上の言葉は一文字もその荒れた唇からはこぼれ出ないのだった。一度、越村が「買った」と答えたことがあった。その時は富田も〝おっ〟と思ったらしく何を買ったか訊き返したが、越村が「Tシャツ」と答えると「ふーん」と言ったきりどこかへ行ってしまった。

元々友情と言うほどのものがあったかもあやしい親交であったため二人の疎遠に周囲の人間は誰も気付かず、越村自身も富田との距離を別段気にすることもなく、それを自然のなり行きのように感じていたし、そのまま卒業を迎えるのに何も躊躇《ためら》いはなかった。実際そのまま何事もなく卒業を迎えていれば、五年の歳月をまたぎ今に至ってなお収縮することのないしこりを心に残すこともなかった。ところがボックスで大袈裟《おおげさ》にバットをかまえる富田を前にした越村には、どうしても、思い出すまいと思っている時点で思い出してしまっている、富田という旧友に対して嫌悪感を抱くきっかけとなった不快な、気持ちの悪い記憶がある。

それっ、と投げられた得意のスライダーは、内角の底に構えられたキャッチャーミットに寸分の狂いなく収まった。「ストライッ」と審判が叫んだ。富田は顔色一つ変えず、バットはピクリとも動かなかった。手が出なかったのではなく最初から見送ると決めていたようで、そのことが越村を苛立たせ二球目のストレートはやや甘く入ってしまった。えいやと振られたバットは甘い球をしかりつけるように激しくたたいた。低く鋭い打球に一塁手は動けなかったが、すんでの所でファウルとなった。この男にヒットを打たれる事はたとえそれが内野安打であっても、どれだけ自分を不愉快にするのか、絶えず頭の隅《すみ》にちらつくその恐怖から、越村はこの試合を通じて最もヒヤリとさせられた。

卒業を間近に控えた日曜日、越村は高校野球に打ち込んだ三年間を労《ねぎら》うかのようにできた初めての彼女との、念願のデートの機会を得た。同級生と偶然鉢合わせするのを嫌ってデートスポットは避け、あまり若者の訪れない市営の椿園《つばきえん》を選んだ。とは言え椿園の近くには看板猫のいるカフェも在り、やたらと猫の話をする彼女との初めてのデートに臨むにはこれ以上ない選択に思われた。

彼女の希望で椿園は後回しにして目当てのカフェに入り、果たして看板猫のムキオは彼女を大いに喜ばせた。猫が姿を隠している間は少し会話に困ってしまったが、それでも椿園に向かって歩いている時は、5回を終えフォアボール以外の走者を許さない完璧なピッチングをしている気分だった。

椿園に踏み入るとすぐ、富田と出くわした。真っ赤な椿に縁取《ふちど》られた富田の顔を見て越村は「あっ」と声を漏らしたが、すぐに平静を装った。同級生の目を避けて選んだ椿園ではあったが、反面誰かに見られたいという気持ちがないわけでもなかった。彼女は美人というほどでもないが愛嬌《あいきょう》のある顔をしているし、誰かに自慢したい気持ちは確かにあった。ところが何の因縁かそれが富田であったため越村は面喰らった。なぜ椿園に富田が、と思ったが、その両手に真新しい小振りな一眼レフカメラを大事そうに包んでいたので越村はすぐ察した。富田がカメラに興味があることを思い出し、越村は思いがけない焦りから慌ててそのカメラのことに触れようとしたが、思いとどまりまず彼女を紹介しなければと思った。恐らくその方が自然であるし、狼狽《ろうばい》を悟られず、もしかしたら富田に羨望の目を向けられるかもしれない。富田には男女共学校にも拘《かかわ》らずこの三年間ついぞ彼女がいたという節はなかった。越村は9回裏のさよならホームランのように彼女ができた自分と富田の間にある圧倒的な、驚異的な差を実感した。

まず富田に彼女を紹介すべきか、彼女に富田を紹介すべきか迷った隙を突くように、先に富田が口を開いてしまった。

「ウケる」

ニヤッと、見下すような、卑屈なような、判断し難い半笑いを浮かべた富田のたった一言に越村は一瞬固まってしまった。何とか、反撃のようにニヤッと半笑いを浮かべ返すのがその瞬間には精一杯の判断で、何も言葉が出ず、わけもわからないまま富田の次の言葉を待ってしまった。富田はその一言だけを残して早々にその場から立ち去ってしまった。ちょうど椿園をあとにするところだったのか、彼女連れの越村と出くわしたので立ち去ることにしたのかはわからなかった。

椿園を巡る間、会話自体が少なかったのだが、彼女は富田の残した言葉やその真意についても、越村と富田の仲についても、何一つ聞かなかった。そのことで余計に越村の中で富田が膨れ上がり、隣を歩く彼女のことよりも、富田のことで頭が一杯になった。歩くごとに次々と目に入る大輪の椿の一輪一輪が、親しげでありながらどこか不遜な富田に思えてきて、終《しま》いにはうおおと叫んで目線の高さにあった見事な真っ白い八重咲きの大輪にパンチしてしまった。彼女は「えっ」と言って越村の顔を見た。違う違う、違うからと大慌てで弁解を始めた越村だが最早完全にパニックに陥っていた。

「オレ椿とか普通にパンチするし」

それは最初で最後のデートとなった。彼女は関西の大学へ進学すると言う。それは越村も以前聞かされていたことだったが、卒業の前日、彼女はそのことを理由に別れを切り出した。結局手もつなげないまま終わってしまった。越村は、全て富田のせいであるような気がしてしょうがなかった。思い返すと甲子園の準決勝での敗退も、富田の小学生を彷彿《ほうふつ》とさせるエラーが原因だった。平凡な内野ゴロを見事にトンネルし、大きく足を広げたまま頭を逆様《さかさま》にしてボールの行方を股の間から眺めている富田を見て、越村は愕然《がくぜん》とした。その後三者連続フォアボールと、突然の乱調に陥ったのは富田のエラーが無関係なはずがなかった。それでも無念の交代でベンチへ下がった時は、自身の心の弱さが招いたことだ、富田のせいにしてはいけないと思っていたのに、その回の守備を終え小走りでベンチに戻るや否《いな》やドンマイと越村に声をかけたのが富田であったことは釈然としなかった。

一体富田とは何なのか。確かなバッティングセンスとパワーがあるが苦しい時にはどうにも打ってくれない男。三振した後は決まってニヤニヤしながらベンチに戻ってくる。家に遊びに来るが親友ではなく、友達ではあったはずだが、友達というものとも違う気がする。突然予想だにしないタイミングでジュースを奢《おご》ってくれることがあるが今は要らないと言うと機嫌を悪くする。体が大きく彫りの深い浅黒い、総じて何だか不愉快な得体の知れない男。だが今は、プロ野球に舞台を移し、この男との関係だけははっきりしている。

敵となった旧知の男、最も打たれたくない、当たれば大きいバッター。そんなことをあれこれ思いながら投じた第三球は、越村自身が驚くほど高めに浮いた。富田はさも危険球とばかりに大袈裟にのけ反って三歩下がった。顔の高さではあったが外角に大きく外れていたのに、富田は厳しい眼差《まなざ》しを越村に向けた。それがまた越村の繊細な投球を支える心の安定を妨げた。

えいと投げられた第四球。球は再び打者の頭の高さに浮いた。富田は身を屈《かが》めたが球は青いヘルメットの頭頂部を薄く擦《こす》り、地面へと弾《はじ》き落とした。越村はこれまで何度か死球を投じた経験はあるが、ここまでの危険球を投げたことはなかった。その瞬間何も考えられずただ十数メートル先のバッターやキャッチャー、転がるヘルメットを見るだけになってしまったが、それが何秒間のことだったのか、一秒にも満たない時間だったのか越村にはわからなかった。そして次には背筋がゾッとするような、しかしまるで怖い夢を見ているように現実感の薄い、かつて経験したことのない恐怖が襲来した。

血相を変えた富田が、マウンドに立つ自分に向かって猛然と走り始めている。屈んだ姿勢からの、ためらいのない決意に満ちた突進は大相撲の立合いを思わせるが、富田の鬼のような血相は越村の知るどの関取よりも正気を失っている。危険球を投げてしまった忸怩《じくじ》や自責の念は顔を出す前に迫り来る富田という炎に焼きつくされた。これまでテレビの中には何度も見た、助っ人外国人が危険球に怒りマウンドへ突進するという異様な光景が今、自分を中心として展開されようとしている。それも襲い来るのは外国人ではなく助っ人外国人の異名を持つ日本人で、自分の家に高校時代何度か遊びに来たこともある男である。越村はどうするべきかわからなかった。逃げるのか、応戦するのか、その両方なのか、それともこれは何かの間違いなのか。話して解決できるとも思った。富田の後方からキャッチャーが追走しているがどうも遅い。もっと速く走って富田を押さえつけてくれと願った矢先につまずいて転んでしまった。五メートル、四メートル、三メートル、いよいよ手が届きそうな所まで、全ての関取を一呑みにした悪魔の様な富田の顔が近づいて来た。殴るつもりなのだろうか、それとも直前で止まり苦情を訴えるだけだろうか、そうだったらいい、危険球を投げたのはこちらだし、一言詫びよう、止まりそうにない、駄目だ、殴るか蹴るか、攻撃するつもりだ、どうかしている、大変だ！

越村はセンター方向へ走り出した。背中に富田の指先がかすった気がした。大勢の観客の声で足音は聞こえないが、気配ですぐ後ろに富田がいるのがわかる。膝《ひざ》がどうかなるかと思うほど力強く踏み込んで懸命に駆けた。富田の方が足は遅いはずだが、バッターボックスから駆けて来て勢いがついている。チームメイトが助けに来るまでの僅かな時間、絶対につかまるものかと走ったが、なかなか周りにチームメイトが近づいて来ない。走って来てはいるがある一定の距離を保ち越村と富田に合わせて並走しているように見える。そして口々に「越村、後ろ！」「後ろ、越村、後ろ！」と叫んでいる。後ろはわかっているから何とかしてくれと願ったが、皆誰かが何とかしてくれると他力本願で、一メートルより近くには、そこは当事者以外立入不可の領域だと言わんばかりに入って来ない。ほんの一瞬ショートを守る伊東《いとう》が手の届きそうな近くまで走り寄ったが、しまった入りすぎたとばかりに慌ててまた距離をとって並走を続けた。越村は視界の端にそれを見て、ならばこちらから近づいてやると伊東の方へ向きを変えようとしたが、また背中に富田の指先が触れそうな気がして、僅かでも速度を落としてはならないと思いとどまりセンターに真っ直ぐ走り続けた。センターを守るのは、身長こそ百七十センチと小柄だが助っ人外国人のジョンソンで、彼の所までたどり着けば何とかしてくれる、このニセ外国人富田を止めてくれるという希望があった。ジョンソンまであと少し、と思った時、ジョンソンはライト方向へ少し動いた。越村はまさかと思ったが、ジョンソンはあれよあれよという間に横走りでライト方向へとずれていく。越村もライト方向へ徐々に軌道を変えると、ジョンソンは顔だけ越村の方へ向け、「ウシロ、シムラ、ウシロ」と叫びながらライト方向へ向かって越村との距離を保ちながら走り始めた。ジョンソンは越村のことをシムラだと思っていて、その間違いをこれまでに越村を含め誰も、面倒で指摘してこなかったのが今になって仇《あだ》となった。このジョンソンの叫びを聞いて越村の左後方を追走していたショートの伊東が思わず吹き出し、それは越村の耳にも届いた。

その瞬間、襲い来るモンスターから逃れることだけに集中していた越村の心の中で、癇《かん》癪玉《しゃくだま》のように怒りが弾けた。最初はショートの伊東に、次いで助っ人外国人とは名ばかりで自分を助けようとしないジョンソンに、そしてそれらの怒りを呑み込むように、迫り来る富田に対しての巨大な憤怒《ふんぬ》の情が間欠泉《かんけつせん》のように噴出した。こんなに大勢の観客の前でなぜ逃げ回らなければならないのか。それも屈強な外国人にではなく、愛称が助っ人外国人の、ただのでかい日本人で、同級生で、家に遊びに来たこともある男になぜグラウンド狭しと追い回されなければならないのか。なぜ恐怖を感じなければならないのか。なぜ〝ウケる〟などと言われなければならないのか。

越村は右足で地面を削るようなブレーキをかけ反転した。振り返ると思いの外富田は離れていた。後ろ、後ろ！　と叫んで追走していたチームメイト達よりも後方を走っていた。どこまでも前だけを見て走り続けると思われた越村が急に振り返り、チームメイト達は驚いて足並みを乱し、そのまま越村を追い越す者もいれば越村とは距離をとり立ち止まる者もいた。後ろ、後ろ！　という呼びかけは数人の選手により絶えず続けられたが、すでに後ろではなく富田は前方より襲い来る怪物となった。富田だけは、突然逃走を止めた越村に驚くことなく、その追跡に一点の迷いも見せず、ついに越村に飛びかかるべく百メートルに及ぶ助走からの跳躍を見せた。大きな体が僅かに宙に浮いた。

飛びかかった富田が越村のどこを摑んだのか、あるいは越村が富田の突撃をどう受けたのか、周りで見ている誰にもわからなかった。揉み合いながら倒れたのか、倒れずそのまま殴り合っているのか、二人の周囲を取り巻くように突然、瞬間的に発生した真っ白い煙の中から聞こえる音を頼りに推測する他なかった。ポカ、スカ、ポカ、スカと、幅、高さ共に二メートルほどの綿菓子のような煙の中から、どちらかの攻撃が相手にヒットする音が絶え間無く響いた。煙の中から時折《ときおり》握《にぎ》り拳《こぶし》や足がニョキッと現れたかと思うとすぐに消え、また別の所から出ては消え、時には拳に頰を打たれている越村や富田の顔が一瞬飛び出し大ゲンカの激しさを伝えた。大勢が取り囲む中、地面から僅かに浮いた白い煙は痛々しくもどこかコミカルな殴打の音を響かせ続けた。「ギッタンギッタンにしてやる」という富田の声と「なにをこなくそ」という越村の声も聞こえた。時々音に合わせて、殴り書きされたような崩れた形の、平面的な星が飛び出したり、白い長方形のテープが二枚、×の字に重なった物が飛び出したりした。

暫くすると、全く中の様子が見られないほど白く濃かった煙がみるみるその色を薄め、たちどころに霧散《むさん》した。二人の男が人工芝に疲れ果てた様子で仰向けになり、荒い呼吸で胸を上下させている。両腕を広げ、足も肩幅ほどに広げて細い〝大〟の字になっている越村の顔はアザだらけで、鼻血が出ていた。ユニフォームもボロボロで、ズボンは特にビリビリに破れ青と白のストライプのトランクスが露《あら》わになっていた。越村とは体の向きを逆にして頭だけを並べている富田もまた、顔中アザだらけでユニフォームは激しく破れ、下半身に至っては局部が完全に露出していたが、平面とも立体ともつかない黒い丸が局部の上にあり、人目に晒されるのを免れていた。

越村はいつの間にか富田への苛立ちが消えたことに気が付いた。気が済むまで殴り合ったんだ、と思った。依然として富田という人物は何を考えているのかわからない、得体の知れない男ではあったが、仰向けでドームの天井の一点をぼんやり見ていた越村は、富田も自分と同じ所を見ているような気がした。何をわかり合えたわけでもないが、とにかくたくさん殴ってたくさん殴られた。それ以外の事が些細な事のように思え、富田も同じではないかと感じた。

大丈夫か、大丈夫かと両チームの選手達が二人を一メートルの距離で取り囲み呼びかけている。越村は富田が何を言うか、この乱闘を謝るのか、この期に及んで危険球のことをまだ言うのか、それとも「なかなかやるな」とでも言うのか気になって、富田が喋り出すまで黙っていた。富田は天井を見ながら口を開いた。

「なあ、越村」

「ああ」

「何か買った？」

びっくりして越村は富田の方へ首を回した。人工芝に後頭部が激しく擦れた。富田はまだ胸を大きく動かし天井から目を離さない。越村は高校生に戻ったような感覚に陥った。野球と、彼女と、将来の展望、そして富田。高校時代、毎日がキラキラして、忙しくて退屈で、甘くて、キリキリと胃が痛いような気もして、一口には言いようのないあの頃の気持ちが胸一杯に広がって、越村は富田の横顔を見ながら素直に答えた。

「買った」

富田の顔がグルリと越村の方を向いた。プレゼントの箱を開ける子どものような、あるいは鷹のような目だった。そんな目が物も言わず何を買ったか問いつめてくるので越村はすぐにそれに答えた。

「カーディガン買った」

ふうん、と言うと富田は仕事の合間の休憩時間が終わったかのような面倒臭そうな顔をして重そうに体を持ち上げ、のそのそと自軍ベンチへ歩いて行った。ベンチにたどり着く前に富田は退場を言い渡された。

港川浩壱の一人旅のススメ
輪ゴムにさそわれ奈良の旅

人生には忘れられない旅というものが大抵あるものです。修学旅行であったり、新婚旅行であったりはその最たるものでしょうが、私の場合、修学旅行は虫すい炎と水ぼうそうの併発とか、はしかと食中毒の併発とかで運悪く一度も行ったことがなく、齢《よわい》も五十にさしかかろうかという未だに独身で新婚旅行なども夢のまた夢です。私の忘れられない旅は、数年前、仕事を兼ねたN県への旅をおいて他にありません。

最初に輪ゴムについてのお話をしましょう。今日では我々庶民の暮らしに欠かせない、文化的生活の代名詞とでも言うべき輪ゴムですが、その歴史を紐解《ひもと》くと意外に浅く、世に輪ゴムが誕生したのは一九八二年、N県のとある製菓工場で偶然に出来上がった物がその原型と言われています。

製菓工場の中には大抵いくつかのコンベアがあります。コンベアの上をそれは整然と様々な菓子が流れてゆく様は美しくもありますが、その見事な行進はコンベアのスムーズな運動によるものです。コンベアがガタガタと動いていては、出来上がった菓子達は神輿《みこし》のように跳ね上がり右往左往して終《しま》いには小汚い床に落ちてしまうでしょう。そうなってはいけませんから、工場のコンベアに定期的なメンテナンスは欠かせません。そしてそのメンテナンスにおいて起きたある小さな出来事が、輪ゴムの誕生につながったのです。

Ｎ県のその製菓工場には、無数のローラーが並びその回転で物を運ぶローラーコンベアと、幅の広いゴムのベルトの上を商品が移動するベルトコンベアがありました。ベルトコンベアの方がよりスムーズに物を運ぶことが出来る反面、保守管理における手間や作業負荷といった部分では劣ります。ベルトコンベアというのは、プーリーという筒のような物がまず両端にあり、それらをつなぐように、輪っか状のゴムベルトが巻かれているわけです。そしてプーリーの回転によってベルトが物を乗せてスムーズに動くわけです。もちろんたるんでいては絶対にいけませんから、巻かれる前の、元のゴムベルトは幅こそ広いものの、輪っかの大きさとしてはせいぜい金魚すくいのポイくらいの物で、それをまず片方のプーリーに掛け、次に力まかせに引っ張って、とにかく引っ張って反対側のプーリーになんとかかんとか引っ掛けるわけです。ですから距離の長いベルトコンベアになるほどそのゴムベルトの装着は大仕事になってきます。おまけにそのゴムときたら消耗が激しく、週に一度は交換しないといけません。この交換をいちいち業者に頼んでいては経営を圧迫しますから、ベルトコンベアの数が少ない小さな工場となると、工員の誰かがこのゴムベルトの交換もやってしまうというのが当たり前です。

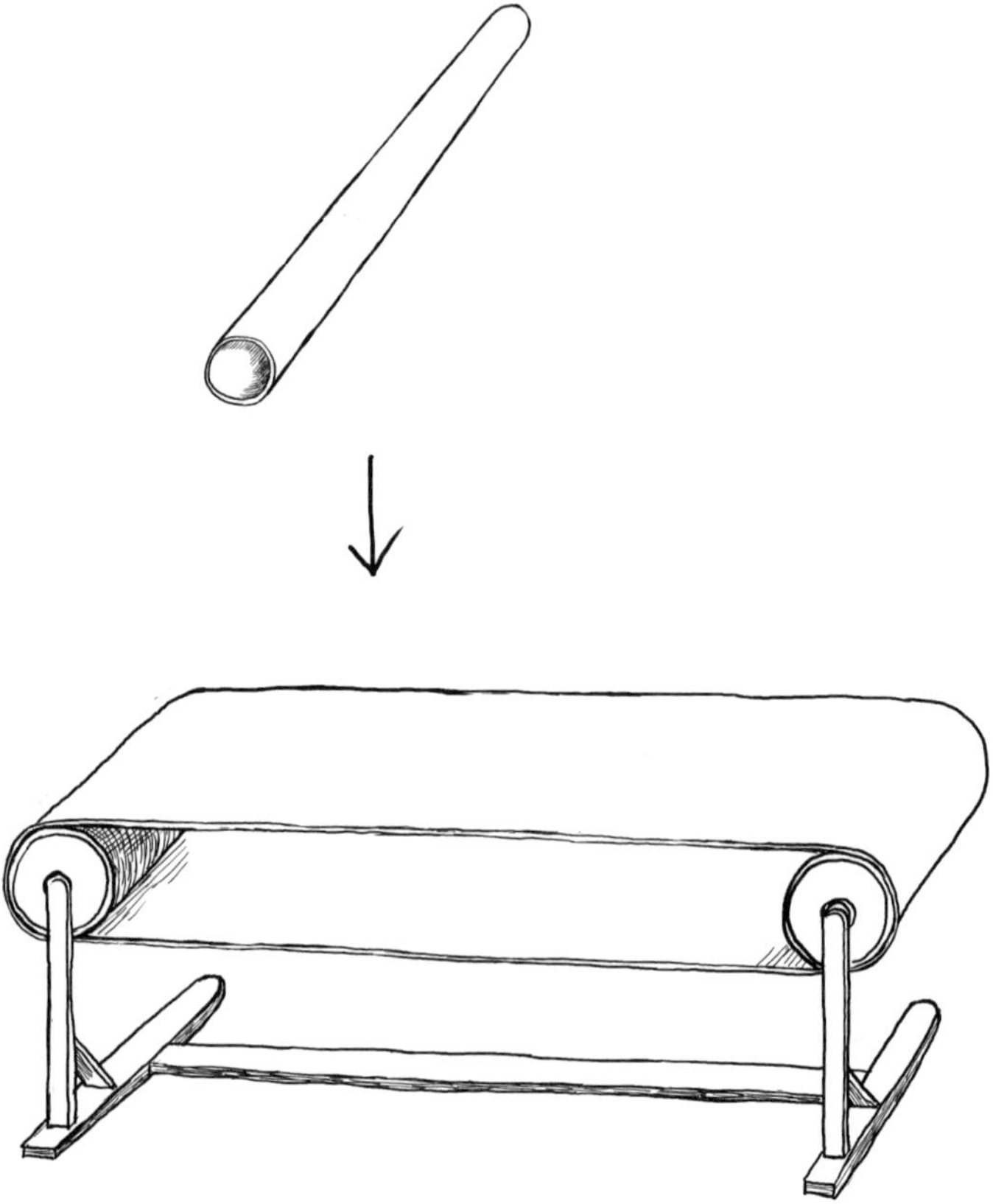

輪ゴムが生まれたそのN県の工場でも、御多分に漏れず工員の手作業でベルトコンベアのゴムベルトが交換されていました。私が輪ゴムについて調べていて最も驚いたのは、その製菓工場でゴムベルトの交換を担当し、ひょんなことから偶然輪ゴムを誕生させたのは女性だということです。通常は力のいる作業ですから、当然男性、その中でも力のある工員が担うところでしょう。私は不思議に思い、一体どんな女性かと夢中で調べました。そしてついに、十数年前の、輪ゴムが爆発的ヒット商品となった頃の地方新聞に、その女性について（というより輪ゴムの誕生秘話といったものですが）、書かれている記事を見つけたのです。

その女性は十年以上のキャリアを持つベテラン工員で、女性工員達のまとめ役のような存在だったそうですが、ベテランと言っても当時まだ三十歳で、他の女性工員は皆四十代、五十代のパートである中、彼女は正社員だったようです。なるほど女性工員の中ではゴムベルト交換という大役をまかされるべき立場ではあったようですが、では何故男性も幾人かは居るはずの工場で、彼らを差しおいてゴムベルトを交換していたのでしょうか。よほどの怪力を持つ大柄な女性かしらんと私は推測しましたが、記事によるとどうやら、コンベアの端のプーリーにゴムベルトを引っ掛けるのが抜群に上手かったようなのです。その引っ掛けるというところが一番肝心な作業で、そこでうっかり掛け損なうと、散々引っ張られたゴムベルトはバチンと跳ね上がり、工場の端まで飛んで行ってしまうでしょう。運が悪いと工員の誰かに当たってしまうかもしれません。そんなわけでその、引っ掛けるという技に秀でたその女性は、工場内で「ゴム姉さん」とか、「ゴム姉《ねえ》」と呼ばれ一目置かれていたようですが、やはり女性ということで、男性には力が劣る。ある日とうとうその力不足が災いして、と言いますか結果輪ゴムを誕生させることになったので幸いして、と言った方がいいのかもしれませんが、ゴムベルトの装着に失敗してしまったそうなのです。

その新しく導入されたベルトコンベアは工場の端から端まであるような長大な物だったようです。さすがの〝ゴム姉〟にとっても手に余る代物だったのでしょう。ところがゴム姉は果敢にもこれに挑みました。工員達からの、ゴムベルトの交換はゴム姉にまかせておけば万事大丈夫、といった信頼に、引くに引けず挑戦したのではないでしょうか。結果、いくら引っ張ってもゴムベルトは片方のプーリーに届かず、ついにはその手を離れ、工場の天井まで弾《はじ》け飛んだそうです。そして天井に当たりゴムベルトは金魚すくいのポイほどの穴の、長い筒状に姿を戻し、金太郎飴を自動で断裁《だんさい》する「金太郎飴断裁機」の、断裁テーブルの上にポトンと落ちたのです。自動の機械ですから、突如飛来した筒状のゴムも躊躇なく断裁し、幅こそ広いもののほぼ輪ゴムと言って差《さ》し支《つか》えない代物が十だか二十だか出来上がったというわけです。新聞記事から知ることが出来たのはそこまででした。

その偶然出来上がった輪ゴムの原型が、最初はどのように扱われ、その後どのように手を加えられ現在の輪ゴムとなったのか、私の好奇心は膨れ上がりました。大小様々な、色とりどりの輪ゴムが至る所で使われる現在、車のボンネットを開ければ、その複雑な内部のそこかしこに輪ゴムが使われていますし、カフェに行けばお洒落な照明が大きな輪ゴムで吊られています。流行に敏感な若者の腕に、ベルト部分が輪ゴムの腕時計が巻かれているのも見かけます。さて、とある製菓工場で産声を上げたその輪ゴムの始祖も、これは便利と何かに役立てられたのでしょうか。その有用性からあっと言う間に世に広まった、と考えるのが自然ではないでしょうか？　こうなるともう私もライターの端くれ、確かめずにはいられません。

私は旅行好きな人間ですが、ある程度の年齢になってからは、どうも男の一人旅というものに淋しさを覚え、友人や編集者を連れての取材旅行ばかりになっていました。何年か振りに一人旅をしてみよう、と思い立ちました。輪ゴムのルーツに惹《ひ》かれて工場見学なんて、友人を伴っても退屈させてしまいそうだし、編集者だって乗り気にはならないでしょう。それに、元来私は一人旅が好きなのです。タイミングの妙もありました。私はライター業のかたわら、金魚の卸売も細々と営んでいます。いつもは弥富《やとみ》で仕入れてくるのですが、どうも金魚に指を嚙まれることが多く、たまには奈良の大和郡山《やまとこおりやま》の金魚を仕入れてみたいとかねてから思っていて、近くセリの参加を申し込んでいたのです。これは渡りに舟と、大和郡山でのセリの前日にN県へ前のりすることに決めました。久々の一人旅に張り切って、奈良公園や大仏を観てから製菓工場を訪れる、そんなプランを立てました。年下の編集者が私の顔めがけて放った指鉄砲の輪ゴムから、何となくそのルーツに興味が湧いて、調べるうちにのめり込み〝ゴム姉〟にまで行きついて、始まる旅。もし工場でゴム姉にお会いできたら何を訊こうか、その前に奈良公園で鹿にせんべいをやるのも面白いな、なんてことを考えて前日は遅くまで眠れず、グラスの焼酎越しに見る、窓際の小さな水槽で静かに夜を過ごす弥富の金魚も、何だか大和郡山のもののように思えて、一人で苦笑してしまいました。

鹿にせんべいをやる時は、面白がって焦《じ》らしたりしない方が賢明です。金魚の噛み跡だらけの手に鹿の歯型が加わった私は、これも思い出かな、などと強がって、予定通りに大仏を見上げ、奈良駅に戻ると目についた店で定食をかき込みました。何定食だったかなんて、食べたそばから忘れ、頭の中はもうK市にある製菓工場のことでいっぱいでした。電車からバスへと乗り継ぎ、バス停からは暫《しばら》く歩きましたが、歩を進めるほどに田畑が広がり見晴らしが良く、迷うことはありませんでした。大きな向日葵《ひまわり》のつくる小さな陰さえも有難《ありがた》い、真夏の午後です。工場へ着いた頃には背中にシャツが貼り付いて、ハンカチも乾いた所なんてありませんでした。こんな恰好《かっこう》で嫌がられるかとは思いましたが、大きな荷物はホテルに預けてあるので着替えも無く、やむなく工場のゲート脇の木陰でベンチのような石に座って熱を冷ましてから事務所を訪ねました。

小さな事務所で、引き戸を開けると小さな女性事務員がたった一人で机に向かっていました。

「取材を本日お願いしております、港川《みなとがわ》です」

そう言うと、二十代半《なか》ば頃のその女性が、

「はい？」

と返しました。

「あ、お電話で先日、工場の見学を……」

言い終わるのを待たず「少々お待ち下さい」と女性は奥に入って行きました。ほんの一瞬、ゴム姉さんかしらんと思い胸が高鳴りましたが、ゴム姉は輪ゴム誕生当時で三十歳。私のこの旅はそれから十五年以上経ってのことですから、明らかに違います。よくよく考えてみるとゴム姉は私より二、三歳若いだけの、四十後半の女性なのですが、私の想像するゴム姉は、ずっと三十歳くらいの、若い姿をしていたのです。そのことに突然思い至って、工場内に踏み入ることもはばかられるような恥ずかしさを覚えたのですが、すぐに若い男性社員がやって来て、私を工場へ案内してくれました。

髪全体を覆う帽子に真っ白な作業服、長靴までお借りして、ますます暑いな、と顔をしかめてしまったのですが、工場内は存外に涼しく、すぐに視界に現れた長短いくつかのコンベアに、首や目玉を忙しく動かしました。もちろん特に気にして見たのはローラーコンベアではなくベルトコンベアで、一番長いものはどれですかと若い社員に訊くと、丁度目の前で四角のウェハースに甘納豆が乗った菓子を黙々と運んでいたベルトコンベアを指さし「こちらです」と教えてくれました。

「これが、輪ゴムを誕生させたコンベアですか」

私が言うと、若い社員は申し訳なさそうに笑い答えました。

「いえ当時の物とは違って、新しい物です。当時のそのコンベアは、僕がここに勤め始めた時にはもう無かったようです。何でも長すぎて少し工場から出てしまっていたとか。ベルトの交換もままならなかったようで」

「ああ、そうですか」

と私も笑いました。残念に思う気持ちはほとんどありません。白状しますと、私にとって、工場の様子やベルトコンベアのことは、もちろんそれが目的の見学ではありましたが、いつの間にか二の次になっていて、ゴム姉にお会いすることこそが最たる目的になっていたのです。そういう訳で、若い社員にあれこれ説明されながら工場内を回っている間中、どこかにゴム姉がいるやも知れぬ期待でそわそわして、女性の姿を見る度ドキリとしたのですが、ところがなかなかそれらしき女性はおらず、いくら何でも歳がいきすぎているという方ばかりです。正社員という立場のベテラン工員なのだから、どこか高い所から工場全体を俯瞰《ふかん》しているのではと、天井をぐるりと見回したりもしましたが、そういった姿も見当たりません。案内に専心する若い社員にそれとなく、輪ゴムの誕生の話から、ゴム姉のことに話を持っていったりもしましたが、あの人がそうです、などと期待した反応は得られず、ついには工場内をあますところなく見学しつくしてしまったのです。

工場を出ると、作業服や長靴を脱ぎ、再び工場と並ぶ小さな事務所へ入りました。十五年以上前の、件《くだん》の出来事について知る工場長に少しお話が聞けるということになったのですが、麦茶をいただきながら暫く待っていると、人の良さそうな工場長が申し訳ありませんと謝りながら奥から出て来ました。何でも急に時間が取れなくなったということで、代わりに、当時輪ゴムの誕生に大きく関わった工員を呼んで来るので、その人から話を聞いてほしいということでした。

水面の上にある私の手に喰らいついてくる時の金魚のように、私の心は飛びはねました。輪ゴムの誕生に大きく関わった工員といえば、彼女を置いて他にはいません。そう、ゴム姉さん、ゴム姉です。ゴムベルトの交換に失敗し、金太郎飴断裁機の上にゴムベルトを飛ばしてしまったゴム姉が、今ここに来る。私はもう随分前に、両親の薦めでお見合いをしたことがありますが、その時にこんな気持ちで相手の女性を待っていたなと思い出していました。

工場長が去り、麦茶のおかわりを事務の若い女性が持って来てくれて、先程も見た女性なのですが、またゴム姉かと一瞬ドキリとした時、奥から六十代くらいの、作業服と髭が等しく白い男性が現れました。

「港川さんですか?」

はいそうですすと答えるとその男性は十五年以上前の出来事について、つい先日のことのように話し始めました。何事かと思い、よく聞いてみると、男性は工場内外でフォークリフトを操り商品を運んでいる方らしいのですが、当時は金太郎飴断裁機を担当していたというのです。せっせと金太郎飴を自動で断裁し続ける機械を、イレギュラーがないか、ただじっと見続ける毎日だったそうですが、ある日突然機械の上にゴムベルトが飛んで来て、あれよあれよという間に太く大きな輪ゴムがいくつも出来上がっていく様子は、なるほど目の前で見ていた本人に聞くのが非常にわかりやすい。説明するのも初めてではないのでしょう、流暢《りゅうちょう》に歯切れ良く、その時の光景が目に浮かぶようでした。中でも偶然出来上がった太い輪ゴムを、男性が、断裁前の長細い金太郎飴を一ダースずつにまとめるのに使ってみたところ、とても便利だったというところは、私が初めて耳にする話で、新聞記事にも書かれていませんでしたから、良いことを聞いたと咄嗟《とっさ》にメモをとりました。輪ゴムが、輪ゴムとして最初に何に利用されたか、その謎が突然明かされたのです。ただ私の心は躍りませんでした。落胆していたのです。明らかになった輪ゴムの歴史の一端についてでは、もちろんありません。ゴム姉にお会いして、直接話を聞けると一度は確信したのですからむべなるかな、その興奮のやりどころなく、白い髭をくぐり唾と共に飛んでくる男性の話は、随分長い時間に感じられました。実際に長い話だったのかもしれません。ブラインド越しの強烈な西日が、夏の一日の終わりの気配を僅《わず》かにはらんでいました。

「色々お話聞かせて頂いて、ありがとうございました」

そう挨拶すると、お土産《みやげ》に工場で作ったばかりのお菓子をと言われ、慌てておかまいなくとお断りして足早に事務所を出ました。厳しい西日を受けながらの帰路を考えると少しも荷物を増やしたくなかったのです。一歩外に出ると、ちょうど正面ゲートの方から矢のような日差しを受け、少し歩いてから堪《たま》らず顔をそむけるように振り返りました。すると、来た時には気が付かなかったのですが、工場の敷地の奥に、随分古ぼけた、全部で八室ほどだったでしょうか、社員寮が見えました。すでに使われなくなった建物のようにも見えましたが、各室の玄関がこちらを向いていて、そのいくつかには傘が立っていたり、ポストから新聞が出ていたりするのがフェンス越しに見えました。その古い社員寮は鬱蒼《うっそう》とした森を背負っていて、絶え間なく聞こえていた蟬の声は全て、今にも覆いかぶさりそうなその森から発せられているようでした。

何か獣でも飛び出して来そうだな、と森を見ていると、社員寮の右側の、私からは死角となって見えない工場の裏手から、不意に女性の姿が現れました。距離はありましたが、その歩き方や上背から、男性と同じ作業着でも女性とすぐ解りました。女性はどんどん私の方へ歩いてきます。声がはっきり届きそうな所まで来ると、私に声をかけました。

「見学にいらした方ですね。もうお済みですか？」

「はい、一通り、見させて頂きました。あの、今日はもうお仕事は終わりですか？」

ゴム姉さんですか、とは訊けず、当たり障りのないことを訊いてしまいました。

「今日はもうお終いです。今日は私早上がりの日なんです。輪ゴムのこと取材なさってるんでしょう？」

「はい、当時のことを、できればゴム姉さんという方にお聞きしたかったんですが、別の方にさっき、あの、もしかして……」

「お時間まだありますか？」

私が言い終わるのを待たず女性が訊くので、焦ってしまい、はい、とだけ答えました。女性は優しげに微笑み、こちらへいらして、と言うので私はまたはいとだけ答えて彼女の歩く後ろをついて行きました。

向かっているのは社員寮とすぐわかりました。女性の少し後ろを歩いていた私の目の前で、不意に彼女は頭巾のような白い帽子を脱ぎ、金魚の餌のように茶色の、ボリュームのある髪があふれ出て両肩に乗りました。その髪を両手で軽くほぐしながら私の方へ振り返り、「暑いですね」と言った彼女はさっきよりも汗ばんでいて、私の後方から来る日射しにより汗といっしょに目尻のしわやほうれい線が輝き、若さと老いを感じさせました。年の頃はまさにゴム姉その人といった印象でしたが、先程訊きかけて遮られてしまったこともあり、この時も何となく訊けませんでした。

錆《さ》びた寮の階段をカンカン鳴らして二階へ上がると、一つ目の玄関の前で彼女は止まり、どこからともなく鍵を取り出しました。鍵に輪ゴムでつけられた小さな猿のぬいぐるみが彼女の髪と同じ色をしていました。

部屋に入るとまず台所があり、フローリングだけが真新しい小さな部屋に、椅子が二つの小さなダイニングテーブルが置かれていました。結婚されているのか、いないのか、もしされていても、子どもはいないようだ。探偵のように推測していた私を、彼女は奥の畳部屋へ通しました。たたまれた布団が、押し入れに入れようとしたのか出そうとしたのか、開かれたふすまから半分だけ出ていました。部屋の東側、ベランダへ出る大きな窓は開かれ、網戸越しに森のにおいと僅かな風が入ってきます。

「暑くてごめんなさいね」

そう言うと彼女は私に冷たい麦茶を出してくれました。少し酸っぱいような、事務所で頂いた麦茶とは違う味がしました。麦茶とおかきの小皿だけが並んだ小さなちゃぶ台、押し入れからはみ出た布団、それと扇風機以外に何も無い部屋でした。素敵なお部屋ですね、と言うのはちょっと嘘くさく、「静かですね」と言ったそばから静まっていた蟬が大声を出し、彼女は苦笑《にがわら》いをしました。

「虫が洗濯物についていて嫌なんですよ。ごめんなさい、先に着替えてもいいかしら」

彼女は背を向けると、私の目の前で作業着を脱ぎ始めました。夕日のようなタンクトップが現れました。作業着を持ったまま、彼女は台所の南側、下駄箱と並んだ脱衣所に入ると引き戸を閉めました。戸の上半分は磨《す》りガラスで、西日で明るく光る脱衣場の中、暫く揺れていた夕日が一瞬にして肌の色へと変わるのが、奥の畳の部屋からもはっきり見えました。その磨りガラスに漉《こ》された肌の色も暫く揺れた後忽然《こつぜん》と消え、シャワーの音だけが聞こえてきます。私はいつかこんな夢を見たことがあったような気がして、現実感の乏《とぼ》しさにただぼんやりしていました。ほどなくして水の音は消え、再び磨りガラスで隔てられた光の世界に人の形をした色が現れて揺れました。

「お名前伺ってもよろしいかしら」

磨りガラスの向こう側から声がしました。

「港川です」

私ははねるような声で答えました。

「港川さん、私シャワーしちゃったんですけど、港川さんもシャワーなさいますか？」

「いえ、大丈夫です、結構です。私もお名前訊きそびれてしまったんですが……」

いつの間にか肌の色は、まるでそれが脱衣所の光源であるかのような真っ白に変わっていました。引き戸がキュラキュラと開いて、胸に猿のイラストが付いた白いTシャツ一枚の彼女が出て来ました。下は、短いパンツを履いていたのでしょうか、丈《たけ》の長いTシャツでわかりませんでした。彼女は自分用の麦茶をグラスに持って来て、ちゃぶ台を挟んで私の向かいに座りました。脱衣所で急いで化粧をしたのでしょう。顔がまつ毛もろともパウダーで白くなっていて、唇には真っ赤な紅が塗られていました。

森の方は薄暗くなってきていて、ひぐらしの鳴く声が聞こえました。間もなく西側の台所も、あの光る脱衣所も暗くなるでしょう。私は早くお暇《いとま》せねばと思いました。それで、夕飯の支度もあるでしょうし、と切り出すと、食べていって下さいと言われ、もちろん遠慮はしたのですが、殆《ほとん》ど残り物ですから、とかせっかくですから、といった言葉に終いには甘えて、夕食をご馳走になることにしました。

豆を甘辛く煮た物、ひじき豆、それから豚肉と豆を甘辛く煮た物、どれも私の好みの味付けで、ご飯のおかわりまでしてしまいましたが、味噌汁だけは妙に酸っぱくて残しました。デザートにバナナが一本、皿に乗って現れた時には猿だと思われているのかと、彼女の私物から猿好きではないかと睨《にら》んでいたこともあって、そう感じずにはいられませんでしたが、ともあれ彼女の工場での仕事を聞きながらの、本当に楽しい晩餐《ばんさん》となりました。軽快な話し口に引き込まれ、長大なベルトコンベアにゴムベルトを巻こうとして失敗した話などには手を叩いて笑ってしまいました。数十年前にたった一度だけお見合いをしたあの料亭で、私の向かいに座っていたのがこの女性であったら、と考えずにはいられませんでした。

バスの時間を気にして、十九時頃にはお別れしました。泊まっていかれますか、と訊かれましたがもちろん冗談だったでしょう。なにせ工場の敷地内にある社員寮ですから、他の工員の目もあります。そのこともあって私はなるべく小さく鉄の階段を鳴らして、そそくさと寮を離れました。彼女は工場のゲートまで私を送ってくれました。少し待っていて下さい、と走って行って、お土産にお菓子がたくさん入った紙袋を持って来てくれました。結局荷物が増えましたが、バスの中でゴソゴソと袋の中を覗いてみると、キャンディやおかき、季節外れの雛《ひな》あられといったお菓子に混じって、輪ゴムでまとめられた、断裁前の長い金太郎飴が一ダース入っていて、洒落のきいている女性だと大いに感心した次第です。

翌日のセリでは、勢いあまった金魚に指を噛みちぎられるといったアクシデントに見舞われましたが、このN県の旅の思い出としては蛇足でしょう。生涯忘れ得ないこの旅の思い出は、目を閉じればいつも磨りガラスの向こうに揺れているのです。

知られざるバレエの世界

痛いっと悲鳴をあげて桂陽子《かつらようこ》はシューズボックスの前で尻餅をついた。陽子の左足の踵《かかと》に画鋲が浅く刺さっていた。トゥシューズの中で待ち構えていた画鋲《がびょう》に気付かず足を通してしまったのだった。

「酷《ひど》いわ、誰がこんなことを」

言いながらも陽子には犯人の目星がついていた。陽子は踵から画鋲をつまみ外すと、右足だけで上手く立ち上がり、左足はつま先立ちで、シューズボックスと対面する小さな窓を開けた。三階からえいやと投げ捨てられた画鋲は窓の下から陽子を見上げる新緑の楓《かえで》に飲み込まれた。

見届けると向き直り、僅《わず》かに赤く滲《にじ》んだタイツ越しに踵をさすると、そのまま左足をトゥシューズの中に潜《もぐ》らせてみた。床を踏みしめると、少し痛みはあるものの何とか踊れそうだった。痛む左足をささえに右のトゥシューズも履《は》いた。

あ痛《いた》っと再び叫んだ陽子の右足の土踏まずに、画鋲がプラプラとぶら下がっていた。つい今しがたの苦《にが》い経験を活《い》かせず、何者かによってトゥシューズの中に入れられていた画鋲の餌食《えじき》となってしまった。街灯と背比べする若い楓は再び画鋲を飲み込むことになった。幸いなことに右足からの出血はほとんどなく、トゥシューズを纏《まと》った陽子は迷いなく、いつものようにしっかりとした足取りで、強い意志を小さく響かせながら教室へむかった。

三十畳ほどの広さを誇る教室にはすでに何人もの生徒の姿があり、それぞれが思い思いに柔軟体操をしている。東と南側の壁には網《あみ》入りガラスの窓があるだけだが、西側の壁は一面が鏡になっていて、生徒達の真剣な顔や不安げな顔、凛とした顔や疲れきった顔を陽子にこっそり教えている。そのどれもが陽子には、大望を内に秘め前だけを見据えるライバル達の、一筋縄ではいかない輝きそのものだった。

鏡に向かい座り込んで柔軟体操を始めた陽子の、持ち前の優しげな表情はいつもより強張っていた。その強張りは陽子の目が鏡越しにに大田原《おおたわら》こずえをとらえたことでさらに強まった。大田原こずえはすでに準備が整ったのか、体を動かさず、いつも彼女の側《そば》にいる取り巻きのような生徒と立ち話をしている。陽子には、この大田原こずえが、あるいは取り巻きと大田原の二人組が、あの画鋲の犯人だと思えた。他の誰かであるとは思えなかった。鏡越しに大田原こずえと目が合いそうな気がして陽子が顔を伏せた時、講師の夢川《ゆめかわ》トシ子《こ》が音もなく教室に踏み入った。

トシ子は決して生徒に笑顔を見せない厳格な指導者で、その足取りはまるで水の上を歩いているかのように冷酷なほど滑らかなものだった。教室の空気が一瞬で重くなったことに気が付いた陽子が顔を上げた時には、すでに殆《ほとん》どの生徒が立ち上がり整然とした列を作り始めていた。慌てて陽子も二列目の左端に加わった。ほんの一、二秒の遅れだが列を作る最後の一人となってしまい、トシ子の猛禽《もうきん》を思わせる視線を浴びることになってしまったが、大した獲物ではなかったのか、その痩せたコンドルはすぐに生徒全員に意識を移した。その獲物を物色するような目線だけで、十四人で作られた美しい二列をさらにミリ単位で修正しようとしているかのように、暫《しばら》くの沈黙があった。いつもと同じ十秒足らずのその音のない世界で、陽子は自分の右斜め前、手が届くか届かないかの距離に立つ大田原こずえの背中に怒りの念をほうり続けた。

(よくもやってくれたわね大田原こずえ。卑怯者《ひきょうもの》。三倍大きい画鋲を入れてやりたい。いえ、三十倍よ。三十倍の画鋲を踏んで、針が足の甲から飛び出るわ。ご愁傷《しゅうしょう》さま)

いくら心の中で罵っても、実際には確証がなく何一つ仕返しなど出来ないことが腹立たしかった。大田原は、陽子の念などそよ風とばかりに微動だにせず、百七十センチの長身を誇らしげにスラリと伸ばしている。その美しい佇《たたず》まいは常に陽子の身長コンプレックスを刺激すると同時に羨望に堪《た》えないほどのものであったが、この時ばかりはその床に対して垂直を極めた立ち姿は画鋲をイメージさせた。噛みしめた歯を歯茎ごと剥き出し、眉間《みけん》には深くしわを寄せ、背筋は伸ばしながらも顔だけを前に突き出して大田原を後ろから睨みつける陽子に再び目がいった講師のトシ子は、一瞬鬼が出たのかと思い慄然として、レッスン前の儀式のような約十秒の沈黙の殆どを陽子の観察に費やした。

「今日のレッスンを始めます。ではまず壁の手摺《てすり》を持ってアン・ドゥ・トロワ」

何事にも動じてなるものかとトシ子は心を律して、いつもと同じ張りのある声で生徒達を動かした。アン・ドゥ・トロワ、アン・ドゥ・トロワと生徒達は手摺を片手で摑み、片脚を高々と持ち上げた。

一般的なバレエ教室には大抵あるであろうこの壁に設置された手摺が、バレエのレッスンに即してどのように扱われるのか、また、合わせてアン・ドゥ・トロワという掛け声が発せられるのが通常であるのかは、やはりバレエ教室によって違いがあり、取りも直さずそれが各々《おのおの》の教室の特色の一つとなることは想像に難くないが、このトシ子バレエ教室においては手摺に摑まり脚を高く上げてのアン・ドゥ・トロワは全てにおいての基本であり、アン・ドゥ・トロワに始まりアン・ドゥ・トロワに終わるという点においては他のバレエ教室の追随《ついずい》を許さなかった。

しかし何故、大抵のバレエ教室には壁一面の大きな鏡と、壁に設置された手摺があるという観念が普遍的にあるのか。それはおそらく、誰しもが過去にテレビや写真、あるいはバレエを扱った漫画等、何かしらの媒体でその場面、鏡と手摺のある教室に、視覚的に触れているのだ。そうでなければ全くバレエやバレエ教室のことなど知らない人間に、鏡と手摺の存在は知り得ない。しかしそう考えると、大抵のバレエ教室にそれらがあると考えてしまうのは乱暴ではないかという不安が出てくる。裏打ちとなる統計がないのだ。全国のバレエ教室の何％が鏡の壁と手摺を有しているのか、おそらくその統計はついぞ取られたことはないのではないか。もしかすると、その二つをセットで所有する教室なんてひと握りなのではないか。将来を嘱望《しょくぼう》されるほどのバレエの才を授かった、選び抜かれた生徒が集う、相当に月謝の高い特別な教室にのみそれらは顔を揃えていて、一般的なバレエ教室には鏡か手摺のどちらかでもあれば御の字、あの教室には鏡は無いけど手摺があってなかなか本格的よ、などと言われているのではないだろうか。

アン・ドゥ・トロワの掛け声についても同様の疑念が湧く。バレエ教室と言えばアン・ドゥ・トロワというのは我々の固定観念で、実際には世間が思うほど頻繁には発せられていないのではないだろうか。とは言え火の無い所に煙は立たず、やはり多かれ少なかれ使われているからこそ世間一般に知られるところとなったのだろう。こちらはむしろ、鏡も手摺も無い、ランクの低い、大衆的なバレエ教室こそ、せめてバレエ教室らしくありたいという思いから多用していそうだ。高級な教室になると、そんなどの教室でも気軽に扱えるようなお定まりの掛け声など、うちでは扱ってませんと澄まして、聞いたこともない、例えばノン・ビュ・ボロワとか、ゴン・デュ・モササなどと言い出しかねないし、そうでなくても、一般人には馴染《なじ》みのないカタカナ言葉をいくつも仕入れているに違いない。我々一般人のバレエに関するカタカナ言葉の知識と言ったら、トゥシューズとアン・ドゥ・トロワの二つが関の山、ちょっとした物知りの口からようやくプリマドンナという言葉が自信なさげに顔を出すのでやっとという有様なのだから、そういった現状も仕方ないと言える。つまるところ、そうしたバレエ教室から繰り出されるカタカナ言葉を何でも有《あり》難《がた》がる我々一般人にも反省すべき点と、責任がある。最初のうちはアン・ドゥ・トロワだの何だの言ってこちらの様子をうかがっていたバレエ教室も、その高尚な雰囲気、敷居の高さに畏怖《いふ》する我々の心の卑小《ひしよう》な部分を見逃さず、これはそれらしきカタカナ言葉を与えてやれば反射的にひれ伏す輩《やから》だと軽く見ているのであって、そのような心の隙を見せた我々こそ大いに猛省しなければならないだろう。毅然とした態度でもって、わけのわからないカタカナ言葉をもちいてきた時点で「殺すぞ！」と一喝するのが唯一の対処法であると考えて間違いないのである。

さて結局のところ、鏡の壁と手摺の設置率問題にしても、アン・ドゥ・トロワの使用頻度問題にしても、明確な答えというのは得ようがない。それらを無償で統計してくれる機関などおそらく無いし、バレエに縁のない我々一般人は、バレエ教室とはおおよそこういったものだろうというイメージを確信もなく持ち続け、それを疑うこともせず、バレエ教室とはつかず離れず適度な距離感を維持しつつ、日々各々の生活を送っていく他ないのだ。

そのような現況であるのだから、バレエ教室を題材に、漫画なり小説なり、物語を作ろうというのは土台至難の業であり、それに挑戦するのは右も左もわからない暗闇の中を手さぐりで進むようなものなのである。たとえバレエ教室を一つくらい取材したとして、そこに鏡の壁と手摺はあるのかもしれない。しかしそれが一般的なバレエ教室であるという確証はないのだ。かと言っていくつものバレエ教室を取材するなんてことは現実的ではないし、となるとやはり取材などせず、普遍的なイメージのみを頼りに物語を構成するのが唯一の手段となってくるので、作家の苦労たるや計りしれない。バレエを題材とする創作物が相対的に少ないのは必然と言えるのではないだろうか。だから内容はどうであれ、それに挑む作家というのは無条件に賞賛されるべき存在なのである。たとえそれが、何の知識もないまま甘い見通しで書き始め、案の定話の展開に行きづまり八方塞《ふさ》がりとなってしまったような作品であっても、バレエをテーマにしている以上、読み手はそれを鑑《かんが》みて、許容しなければならないし、物語が破綻していようが尻すぼみであろうが、はたまたやけっぱちであろうが、バレエなのだからしょうがない。むしろ作者はよく頑張った、よくぞこのテーマに果敢に挑んだと讃えて然《しか》るべきなのである。

話を元に戻すと、陽子のシューズに画鋲を入れた犯人は大田原こずえではなかった。シューズボックスを据えられた壁の上部は掲示板になっていて、そこにはバレエ教室のスケジュールやら何やら様々な連絡が、講師トシ子の手によって貼り出される。その際使用する画鋲を、その日トシ子は画鋲ケースごとぶちまけてしまったのだ。散らばった大量の画鋲をトシ子は全て拾ったつもりだったが、陽子のトゥシューズの中に入り込んだ二つだけは見逃してしまったという訳だった。

夏の終わり頃、教室が自宅から遠いことを苦にトシ子バレエ教室を去った陽子が、その真実にたどり着くことはなかった。

ジャックの豆

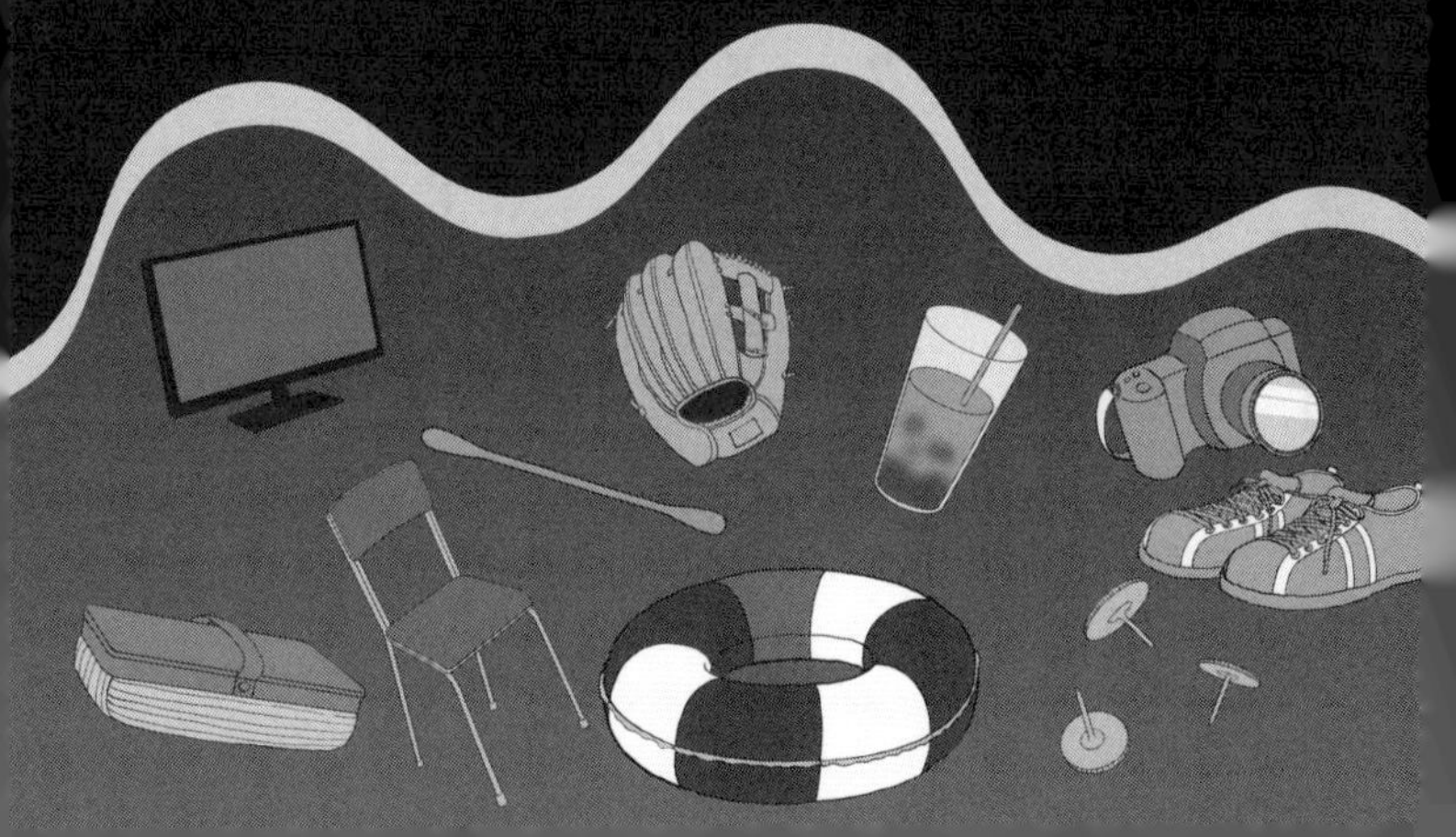

あとがき

言い訳じみたことをまず初めに言いますが、あまり小説は読まないんです。マンガ家だからというわけではないでしょうが、マンガばかり読んでいて小説は年に二、三冊が関の山といったところです。なのに何故小説を書いたかというと、僕がマンガを連載させて頂いているジャンプSQ.の担当編集者に、小説を書いてみてはと勧められたからだったと記憶しています。おまけに書いた小説をジャンプSQ.の綴じ込み付録にしてくれると言うではないですか。今回書き下ろした「僕の夏休みの冒険」と「転校生」以外の全ての話は、その綴じ込み付録の冊子の中に収録されたものです。

小説の書き方なんてわからないし、期待に応えられるかはわからないけど、兎にも角にも編集者が書けると思ってくれているなら書けるんだろうと楽観的な気持ちで書き始めました。考えてみると、長年にわたりギャグマンガを描き続けてきたわけで、曲がりなりにも言葉を仕事にしてきたわけだし、全くの素人というわけではないのかもしれないという思いもありました。とはいえ書いてみればやはりマンガと小説は良くも悪くも勝手が違います。

僕にとって嬉しい違いは、小説はどれだけ長くなってもいいということです。マンガは基本的に吹き出しの中に言葉を収めなくてはいけないので、できるだけ省けるところは省いて読みやすくしないといけません。特に僕は言葉に頼るタイプのギャグマンガ家なので、ついついセリフが多くなりがちで、簡潔にする苦労は人一倍多いような気がします。そんな僕なので字の量を気にしなくていいというのは書く度に新鮮な喜びがありました。

逆にちょっと都合の悪い違いもあります。当たり前ですが小説は全て字で書かなくてはいけません。マンガだったら、どっちを向いていてどんな表情だとか、距離感とか、動きとか、風景とか、全て絵で説明できますが、それらを字で表現するのはほとんど経験の無い作業で、正直何をどこまで書けばいいのかもわかりません。この言葉をここで使うのは、間違いではないけど微妙にニュアンスが違う、という場面も多いし、じゃあ違う言葉で、と思ってもちょうどいい言葉が自分の中に無かったり、ちょうどいい言葉が調べたらあるにはあったけど、あまり一般的には使われない難しい言葉は使いたくないとか、そういう苦労も多かったです。こんなことならもっと本を読んでおけばよかった、年五冊くらい、と思いました。

そんな感じで悩みながらもそれなりに楽しんで書いたこの短い小説の数々ですが、あまり小説は読まないんですと言い訳をしたくなるくらいには自信が無いので、これは小説ではなく絵の無いギャグマンガなんだと思って頂けると有難いです。

増田こうすけ

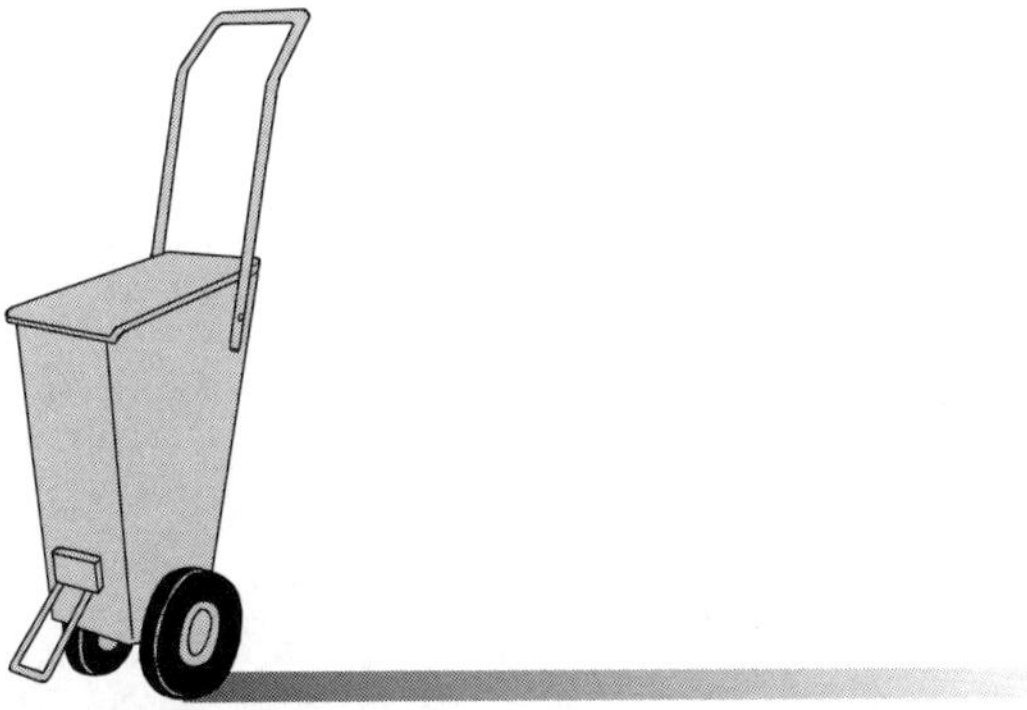

初出

「お義父さん」「イケメンニュージェネレーション」「３回表」──ジャンプSQ.2015年3月号付録

「港川浩壱の一人旅のススメ　輪ゴムにさそわれ奈良の旅」

「知られざるバレエの世界」「ジャックの豆」──ジャンプSQ.2018年7月号付録

「僕の夏休みの冒険」「転校生」──書き下ろし

ギャグ小説日和　転校生

2024年8月7日　第1刷発行

著者　増田こうすけ

装丁　石山武彦(Freiheit)
編集協力　北奈櫻子
担当編集　福嶋唯大
編集人　千葉佳余
発行者　瓶子吉久
発行所　株式会社　集英社
〒101-8050
東京都千代田区一ッ橋2丁目5番10号

電話
【編集部】03-3230-6297
【読者係】03-3230-6080
【販売部】03-3230-6393(書店専用)

印刷所
中央精版印刷株式会社